ハヤカワ文庫 SF
〈SF2410〉

宇宙英雄ローダン・シリーズ〈691〉

支配者ヘプタメルへの讃歌

マリアンネ・シドウ＆K・H・シェール
嶋田洋一訳

早川書房
8951

PERRY RHODAN
ROMANZE IN PSI
DAS SIEGESZEUGNIS
by

Marianne Sydow
K. H. Scheer

Translated by
Yooichi Shimada
First published 2023 in Japan by
HAYAKAWA PUBLISHING, INC.
This book is published in Japan by
arrangement with
PABEL-MOEWIG VERLAG KG
through JAPAN UNI AGENCY, INC., TOKYO.

目次

支配者ヘプタメルへの讃歌

支配者ヘプタメルへの讃歌

マリアンネ・シドウ

登場人物

アトラン……………………………アルコン人
ジュリアン・ティフラー……有機的独立グループ（ＧＯＩ）代表
サラアム・シイン………………オファラー。歌の師
ゲ・リアング＝プオ…………カルタン人。グループリーダー
サル・エダ＝ヘイ………………同。ゲ・リアングの副官
ゴタン・モル・ブラルク……ハウリ人。衛星ジェゼトゥの首席通信士
アルンド・ケル…………………カルタン人。首席通信士の副官

1

ハウリ人から話を聞き出すのが不可能だということは、もうだれもが知っていた。尋問しようとすると自分のなかに引きこもり、支配者ヘプタメルの教えに意識を集中して、それ以外のことを頭から追い出してしまうのだ。

この戦術は大いに効果を発揮した……すくなくとも、不吉な信仰に全身全霊を捧げているハウリ人にしてみれば。支配者ヘプタメルの歌をうたうと、周囲のことを完全に失念してしまうのだ。あらゆる危険や、自身の死さえも。

だが、最近になって、ハウリ人にも弱点が存在することがわかった。

支配者ヘプタメルが信仰箇条を歌に託したのは、ある意味で失敗だった。なぜそうしたのかはだれも知らないが……あるいはそれがふつうのやり方で、いささか想像しにくいが、自身が音楽に耽溺《たんでき》しているのかもしれない。あるいはハウリ人がもともと音楽的で、だからそういうかたちで信仰をひろめたのか……いや、それはさらに考えにくい。芸術的な種族とはとてもいえない存在だから。だが、だからこそ、かれらにとって異質な宣教方法に夢中になったとも考えられる。

どういうかたちでひろまったにせよ、支配者ヘプタメルの歌は音楽の一形態であり、音楽にはハウリ人の精神的な防御を突破する力があった。もちろん、どんな音楽でもいいというわけではない。それができるのはその道をきわめた者だけだ。

サラアム・シインはまちがいなくその道をきわめていた。

かれはすでにネットウォーカーの一員になっていて、歌以外にも才能があることを実証していた。たとえば、その注意深さだ。

とはいえ、音楽がかれの本領なのはたしかだった。かれはオファラーなので、歌にプシオン成分を乗せる方法にも通暁《つうぎょう》している。このタルカン遠征隊のなかで唯一、ハウリ人に〝歌をとどける〟ことができる者なのは疑いない。

そのことはすでに証明されてもいた。ザプルシュ星系で捕虜のハウリ人数名がかれの歌を聞いていたから。強力なテレパシー能力を有するフェルマー・ロイドでもハウリ人に歯が立たなかったあとだけに、サラアム・シインがうまくやるとはだれも思っていなかった。だが、かれはやってのけた。

かれのプシオン歌唱の前にハウリ人は抵抗をやめ、ウシャアル星系の詳細を明かした。

これにより、物質シーソーがこの巨大星系の第二十二惑星パガルに、またその制御ステーションが第五惑星チェオバドに存在することが判明した。

物質シーソーの排除は遠征隊の主目的のひとつだった。通常宇宙の無数の生命体にとって、あまりにも危険な存在だから。

ハンガイ銀河がタルカン宇宙から通常宇宙に転移したらどんな結果が生じるか、わかっている者はいない……危険な事業であるのは疑いないが、すべてがうまくいくチャンスもないわけではなかった。だが、逆方向の物質均衡は確実な破滅を意味する。タルカンは死にゆく宇宙だから。科学者によれば、あと五百年ほどでタルカンの有機生命体は絶滅するという。

物質シーソーがそこにあるというだけで、ウシャアル星系を探索する理由としては充分だった。

もうひとつの理由はタルカンで行方不明になっているペリー・ローダンの捜索だ。ウシャアル星系にいたことはわかっていて、その先につづくシュプールの発見が期待されている。とはいえ、その期待はかなりちいさかった。

ウシャアル星系に向かう理由はもうひとつある。

知識権限の中枢がカルタン人のヴィル・コンを通じてギャラクティカーに情報をよせ、第五十九惑星ゼレンガアで過去のシュプールを探してみるよう伝えてきたのだ。曖昧《あいまい》な手がかりだが、追いかけてみる価値はある。

　ギャラクティカーはこうした目的と希望を胸に、ザプルシュ星系とウシャアル星系を隔てる三十光年の距離をこえていった。鹵獲《ろかく》したハウリ船三隻も同行している。

　安全な距離からロボット・ゾンデによる観測と測定でデータを収集した結果、そうかんたんにいかないことがわかった。ウシャアル星系はハウリ人の拠点であり、厳重に防御されていたのだ。

*

《ハーモニー》は船団の十三隻めの宇宙船だった。ほかの十二隻には銀河系の住民であるギャラクティカーが乗り組み、目的と興味を共有している。一方、《ハーモニー》はシオム・ソム銀河に住むオファラーであるサラアム・シインの船で、ほかに乗っているのはＭ-３３、三角座銀河あるいはアルドゥスタアルと呼ばれる銀河のカルタン人だった。

　そのカルタン人……男女六名ずつ……はギャラクティカーに、自分たちは自由意志で、祖先の故郷であるタルカン宇宙への純粋な興味からこの旅に参加したと告げていた。とはいえ、この十二名がなんらかの命令を受けていることは、カルタン文明の専門家でなくてもすぐに見当がつく。

やがて一団のリーダーをつとめるゲ・リアング＝プオがきわめて大らかに、彼女と仲間たちにははたすべき使命があると認めた。タルカン宇宙に住むカルタン人を……機会を見つけて……調査し、とりわけ、母系社会構造のシュプールを見つけたいらしい。

カルタン人が死にゆく宇宙に興味をしめすのは理解できた。第一、そこが種族の本来の故郷だから。第二、アルドゥスタアルのカルタン人は遅かれ早かれ、ハンガイ銀河からきた者たちに対応しなくてはならないから。すでに通常宇宙に転移している部分はまだタルカンから持ちこんだストレンジネスの影響下にあり、いわば宇宙的なガラス容器のなかにあって、どちら側からもコンタクトできない。だが、この状況はいずれ変化する。アルドゥスタアルの母系社会で育ったカルタン人は、その後のあらゆる事態に不安を感じているようだった……すくなくとも、きわめて複雑な気分なのはまちがいない。事前に情報を得たいと考えるのは当然だった。

一方、サラアム・シインが遠征隊にくわわった理由ははるかに理解しにくい。

もちろん、物質シーソーはかれの種族にとっても危険な代物であり、その排除に興味をしめすのはごく自然なことだ。だが、遠征隊に参加することを決めた時点で、サラアム・シインはまだ物質シーソーのことをはっきりとは知らなかったはずで、その存在が行動の動機だったとは考えにくい。

純粋に冒険がしたいから参加したとも思えなかった。かれにとって、真の冒険は音楽の分野にしかありえないから。それにサラアム・シインは戦士ではない。かれの愛する音楽が、その気になれば防御不能な武器になるというだけだ。

いうまでもなく、かれもエスタルトゥの行方は気になっていた。ギャラクティカー、とりわけ人類種族はあらゆることにつねに理由をもとめるので、オファラーは質問されるとエスタルトゥの名前を出すのが習慣になっていた。そのほうが楽だったし、そう答えるとギャラクティカーの好奇心は別方向にうつっていった。いくらでも調査する体力と時間がある現状で、かれらは〝それ〟と呼ばれる超越知性体の使者を探しはじめた。その名前は、横で聞いているかぎり、強い印象をあたえるものではなかった。サラアム・シインにしてみれば〝エスタルトゥ〟のほうが好ましい。それでもかれはときどき、ギャラクティカーがすこしうらやましいと感じた。自分たちの超越知性体の存在を完全に信じることができるから。エスタルトゥは存在するのかどうかさえはっきりしないのに。

ギャラクティカーによる〝それ〟の使者の探索は、オファラーからすると愉快ではあるものの、いささか意味のないお遊びに思えた。サラアム・シインとカルタン人はこのお遊びに短期間だけつきあい、そのさいオファラーは超越知性体とのコンタクトを瞥見《べっけん》することができた……ギャラクティカーは〝かれらの〟超越知性体が少々奇妙なユーモアのセンスの持ち主だといっていたが。

ギャラクティカーは〝それ〟の使者がこの遠征隊に同行していることをほぼ……絶対ではなく……確信していた。ただ、自分が使者であることを本人が知らない可能性もあり、見つけ出すのはほとんど不可能に思える。その状況はサラアム・シインに、かつてシオム・ソム銀河を旅したときに知り合った、とるにたりない小種族の奇妙な行為を思い起こさせた。かれらは頭上を浮遊する悪鬼の存在をかたく信じていた。悪鬼は空と同じ色をしていて、目には見えない。だが危険な存在なので、石をぶつけて消滅させる必要がある。そのため、かれらはパチンコの製作に多大な能力を注《つ》ぎこんでいた。もちろん、石がぶつかった悪鬼を見た者はどこにもいない。悪鬼は固体に触れると瞬時に消滅してしまうから。ただ、そのとき邪悪なエネルギーを発するため、地面までおりてきて自然に消滅するのを待っているわけにはいかない。石を高く飛ばすことで邪悪なエネルギーを上空で発散させ、あらたな悪鬼が空でしか発生しないようにする必要がある。こうして種族の全員がつねに空に石を撃ちつづけることになる。

　ギャラクティカーはサラアム・シインとカルタン人をすぐに候補からはずした。最初はどちらかが〝それ〟の使者ではないかと疑っていたのだ。サラアム・シインは撃ち落とされた悪鬼がうらやましいとは思えなかった。

　やがてかれらはオブルシュという男を曖昧で意味深な質問で悩ませはじめた。サラアム・シインにはオブルシュが使者かどうかわからなかったが、使者だったとしても、いくつかの質問で正体がわかることはないだろう。いくら質問をしても、目に見えない空の悪鬼を消滅させるために石を撃ち出すようなものだから。

ただ、サラアム・シインはそんな考えを口に出したりしなかった。かれは礼儀正しいオファラーなのだ。ギャラクティカーが無意味な探究に神経をすり減らすのを楽しんでいるなら、そうさせておけばいい。

「これでいいの?」

サラアム・シインはもの思いからわれに返り、ゲ・リアング＝プオに注意を向けた。カルタン人はサラアム・シインが〝オルガン〟と呼ぶ装置の前に立っていた。すくなくともオファラー二千名分の合唱を肩がわりできる装置だが、かれはかんたんな呼び方をしている。彼女は自分が作業した場所を指さした。

「すばらしい!」全体を注意深く眺めて、サラアム・シインが賞讃した。「すぐにためしてみよう」

ゲ・リアング＝プオだけでなく、その場にいたカルタン人全員がじっと耳をそばだてた。かれらはもうオファラーに慣れていたが、かれが……いまのように……歓喜をこめて歌うと、こんなかんたんな返事でさえ、幸福感につつまれるのだ。

これ以上すばらしい旅の仲間はいない、とサラアム・シインは思った。もちろん独自の癖はあるが、すくなくとも聴衆としては、音楽的な感性がとてもすぐれた者たちだ。

サラアム・シインが歌うどんな音楽も楽しむすべを知っている。その逆になると、いささか事情は複雑だった。カルタン人がうたう歌はサラアム・シインに、オファラーとしてはありえない望みをいだかせる。耳が聞こえなければよかった、せめて難聴ならよかった、と。

さいわい、カルタン人が歌うのはまれだった。たいていは聞くほうにまわり、すばらしい聴衆ぶりをしめした。

ただ、ほぼ完成した〝オルガン〟の性能を試験するにはタイミングが悪かったようで、《ハーモニー》から連絡が入った。予期していたことなので、腹を立てたりはしない。かれはアルコン人のアトランにある提案をしていた。かれにはたぶん拒否できない、魅力的な提案だ。すくなくとも、サラアム・シインはそう願っていた。かれの歌がハウリ人に有効なことはわかったので、さらにためして完璧なものに仕あげたかったから。

連絡してきたのはやはりアトランだった。

「提案を受け入れたい。ウシャアル星系でこれまでに収集した情報はすべてきみの船に送信させた。きみと友のカルタン人が今回のようなリスクをとるつもりがまだあるなら、注意を向けるべき場所を教えよう」

「心変わりはしていません」と、サラアム・シイン。

「けっこう」アルコン人はうなずいた。「惑星パガルにはジェゼトゥという衛星がある。

そこに物質シーソーの操作員が常駐していると判明した。現在、ハウリ人はこの操作員をジェゼトゥからパガルに撤退させはじめ、多少の混乱が生じている。きみが歌唱で介入すれば混乱を助長させることができるはず。その隙に、ハウリ人に気づかれずに偵察部隊を潜入させるチャンスも生じるだろう。できると思うか？」

「わたしだけでは無理でしょうが、有能な助手がいますから」サラアム・シインが謙遜ぎみにいう。

「承知している」と、アトラン。「そこにいるカルタン人の頭ごしに話しているように感じたなら、その点は謝罪する。だが、《ハーモニー》はきみの船だからな、サラアム・シイン」

「できるだけのことはします」オファラーがいった。「イマーゴを探しもとめる者たちについて、なにか進展はありましたか？」

アルコン人はひどく渋い顔をしたが、サラアム・シインにその表情の意味はわからない。

「ウシャアル星系内でイマーゴを探すよう説得しようとしたが、向こうはそれを望まなかった」

「なぜです？」と、サラアム・シイン。

「わかるはずがあるか？」アトランが憮然としていう。「返事はいつも同じ、〝われわれはイマーゴを待っている〟だけだ。それ以外の反応はない。わたしが姿を見せて、イマーゴはここにいるといっても、かれらは納得しなかった。まったく理解できない」

サラアム・シインにはなおさら理解できなかった。

ローダンが特別な存在とは思えない……オファラーにとって、人類の個人をほかの個人と区別するのがむずかしいという事情はあるとしても。

イマーゴを探している者たちも条件は同じだろう。人類とコンタクトしたことなどなかったはずだから。

「これまでにペリー・ローダンになにがあったのか、ぜひ知りたい」アトランも同じことを考えていたらしい。「かれらを抵抗できない力で引きよせる、なにかがあるはず。それはたぶんここで、この宇宙で身についたものだ。それがなんなのかは本人にもわからないかもしれない。もしわかっていれば、なんらかの手を打っているはずだから」

サラアム・シインはこの推測についてなにもいわなかった。

「わたしはもう行きます」と、かわりに告げる。

「待て！」アトランが急いでかれを引きとめた。「性急に行動すべきではない。あまりにも多くのものがかかっている。まず、きみとカルタン人がほかに必要とするものはないかを考えよう」

「あらゆるものが必要です」サラアム・シインがはねつけるように答える。

「カルタン人の意見も聞いておきたい」と、アトラン。「そのあいだに、きみにはわれわれの計画を説明しておこう」

「あなたたちの計画など知りたくありません。知らないことは話せませんから。ゲ・リアング＝プオ、きみたちはなにか不足しているものがあるか？」

「知りたいことはたくさんあります」カルタン人がそっけなくいう。「ただ、あなたが提供できるものはなにもありません、アトラン。それ以外では、あなたの計画のことはよく知っていますから、サラアム・シインに話す必要があれば、わたしから話します」

「そういうことなら、もう引きとめない」オファラーもカルタン人も、アトランの表情を読みとることはできない。「うまくやってくれ」

「そのつもりです」サラアム・シインが真顔で応じる。

通信が切れた。

2

《ハーモニー》は有機生命体の乗員を必要としない。カルタン人もそのことには気づいていたが、せめて航行中の重要な場面では計器から目をはなさないようにしていた。

サラアム・シインは反対しなかったが、自身も同じことをしようとはしなかった。猫型種族にとっては、狭苦しいキャビンから一時的にでも出られることが重要なのだろう。《ハーモニー》はこれほど多くの乗客を収容できるようにはなっていない。そこでカルタン人は最初から交替で見張りに立ち、全員が順次ゆっくり休めるようにしていた。状況を複雑にしたのは、ゲ・リアング＝プオが男女別室を強硬に主張したことだった。彼女は同性からの支持を確実にとりつけていたが、カルタン人男性たちはやや消極的だった。

サラアム・シインはこの問題に関与しなかった。自分に直接関わってこないかぎり、カルタン人の倫理問題に介入するのは見当はずれだと思ったから。むしろ多少うしろめたい気分で、戦況の推移を楽しく見守った。

ウシャアル星系への進入はまちがいなく航行の重要段階のひとつだったが、サラアム・シインは《ハーモニー》のボウル形上部にとどまりつづけた。第一、そこならいつでも〝オルガン〟を使用できるし、第二、そこから見える星空に魅了されていたから。周囲になにもプロジェクションを投影せず、真っ暗ななかにすわって感覚を研《と》ぎ澄ませる。

そこに生じる印象がかれに等量の恐怖と魅惑を感じさせた。

ハウリ人の歌はすでに知っている。ヘクサメロンの書に記された歌で、六の日の歌にはこうある。

〝炎の女神ギルラトゥが顔をあげ、熱がひろがる。星々の上空は彼女の力を知らしめるため、オムファルの花のような輝きを放つだろう〟

オムファルの花というのは知らないが、その色がほんとうにあの暗赤色と同じ、タルカンの星々の背景にひろがる黒に近い輝きなら、魅力的な植物にちがいない。

どす赤い輝きはオファラーを深く感動させると同時に強く動揺させ、高揚させると同時に恐怖させた。その不気味な光景のなか、どんなオファラーも夢のなかでさえ聞いたことのない音が聞こえてくる。サラアム・シインでさえ、その音を把握して再現することはできなかった。いまはただその輝きを受容し、遠くから聞こえてくる音としか認識できない音楽が大きくなるのを待つしかない。

いつの日か……かれにはわかっている……それはかれのなかから飛び出して、かつて聞いたこともない、すばらしい音楽になるはず。

「ハウリ人との対決にそなえてください」柔らかくしずかな《ハーモニー》の声がした。

「数分後に接触します」

集中が乱暴にとぎれるのを感じたが、サラアム・シインは怒りをおぼえなかった。それどころか……この死にゆく宇宙の特別な魅力は遠くからのほうがよくわかる。どす赤い輝きとそれにともなう破滅の響きに耽溺するのは危険だった。

ゲ・リアング＝プオがオファラーに近づいてきた。ほかのカルタン人五名もいっしょだ。うち一名はパラトロン・バリアで保護された箱を持っている。なかにはかれらに支給された千粒のパラ露が入っていた。

状況が変わったのだ！　カルタン人女性は全員が優秀なエスパーだったが、その能力が突然失われ、パラ露にも反応しなくなってしまった。

これまでほとんどパラ露を使ってこなかったゲ・リアング＝プオだけが特殊能力を保持している。プシ能力はほぼすべてのカルタン人女性に潜在的に備わっているが、ゲ・リアング＝プオの場合、それがパラ露なしでも発現するくらい強かったのだ。

それでもパラ露はまだ有用だった。サラアム・シインは数粒を〝オルガン〟に組みこみ、おかげでプシオン領域の性能が飛躍的に向上した。ただ、このやり方だとパラ露の消耗が早い……それでもエスパーが消費するよりは長持ちするが。

ゲ・リアング＝プオがサラアム・シインと合流すると、ほかのカルタン人女性たちは〝オルガン〟のまわりに集まった。期待に満ちて、やや不安そうで、まるでとても困難な任務に立ち向かおうとするかのようだ。実際、そのとおりだった。かれらはつねに、使いこまれたものではなく、新しい〝ヌジャラの涙〟を使用しなくてはならない。それはかんたんなことではなかった。失ってしまった能力のことを思い出す一方で、オファラーの音楽にのめりこんで、それ以外のすべてを忘れそうになるから。

この点、サラアム・シインはカルタン人たちほど心配はしていなかった。最近はかれらを信用するようになっていて、重要な任務をしくじることはないと思っている。

《ハーモニー》はウシャアル星系のはずれに設置されたハウリ人の監視ステーションに堂々と接近していった。なにかをかくしているようなこそこそした印象はまったくない。ハウリ人がどこからどこに向かうのかとたずねると、サラアム・シインはすぐさま、うしろ暗いことはなにもないという態度で答えた。

「わたしは旅の歌手で、ヘクサメロンを讃《たた》えるためにやってきました」

かれはその言葉を歌で伝え、そこに厳粛な響きをひそませた。影響を受けるのはハウリ人だけではない。

「ペテン師に用はない！」監視ステーションのハウリ人はそう応答したが、いかにも自信がなさそうだ。サラアム・シインはゲ・リアング＝プオを軽くつついた。

「ペテン師ではありません」強くいいかえし、さらに厳粛な和音をくわえる。あとはカルタン人がハウリ人におだやかな影響をあたえるにまかせた。

「わかった」ハウリ人があやふやな口調でいう。「すこし待て」

サラアム・シインは相手が上官に連絡しているはずと考え、歌唱の力を強めた。〝オルガン〟が力強い合唱を奏で、そこにパラ露とゲ・リアング＝プオの能力もくわわって、ヘクサメロンを讃える歌がハウリ人の耳に響く。

「目的地はどこだ？」と、ハウリ人の声がした。「それさえ……」

しばらく沈黙がつづく。

「芸術家だ！」さっきと同じ声がいった。「われわれの信仰に奉仕する芸術家だ。この歌は危険……すばらしい。だが、目的地の惑星をはっきりさせないと！」

「ヘクサメロンに讃美と栄光を！」サラアム・シインが画面の向こうのハウリ人の脳にじかにとどくよう熱唱する。「わたしはヘクサメロンの信徒を歌で力づけ、かれらが困難な任務を完遂できるようにするためにやってきました。讃美と栄光を！　六の日の歌を聞きなさい！」

ハウリ人はそれ以上なにもいってこなかった。

サラアム・シインは六の日の歌を最後までうたい、厳粛な和音を付加し、もういいだろうと通信を切った。

《ハーモニー》内がしずかになる。サラアム・シインとカルタン人は緊張して待っていたが、ハウリ人から連絡はなかった。

「完全に放心しているのだと思います」〝オルガン〟にあらたなパラ露を充填したモウ・モウ＝ヘイがいった。「この強度であと数回歌ったら、わたしまでヘクサメロンはすばらしいと信じはじめるでしょう」

「心配ない！」サラアム・シインが満足そうに歌う。「そうなったら、すぐにその信仰から解放してあげよう」

〝オルガン〟を一瞥《いちべつ》し、ゲ・リアング＝プオに視線を向ける……とはいえ、オファラーには通常の意味での顔がないので、確認するのは困難だった。卵形の頭部には唇のない、切れ目のような口があり、さまざまな色合いの、球根を思わせる感覚器がブドウの房のようにくっついている。かれらにも表情がないわけではないが、非オファラーがそれを見分けるには……そもそも見分けられるとしてだが……長時間、集中的に研究する必要があった。口はたんに食物を摂取するだけなので、そこから気分を読みとることはできない。〝発話口〟とでもいうべきものはそのずっと下、頸と胴体がつながる部分にあり、腕くらいの太さの軟骨のふくらみと、そのなかにある無数の膜で構成されている。人類はこの〝口〟を〝生体シンセサイザー〟と呼んでいた。オファラーはこの膜で……憤怒の低音から陽気な甲高《かんだか》い笛の音まで……多様な音を出すことができ、それがかれらの言語になっている。当然、この器官は音楽を奏でることもできた。サラアム・シインのような名歌手なら中編成のオーケストラに匹敵するだろう。

しかもオファラーの歌声にはプシオン成分がふくまれている。いくらサラアム・シインでも、単独ではプシオン的に強い影響をあたえることはできない。だからこそ〝オルガン〟を熱心に調整し、その作業にカルタン人も参加させたのだ。〝オルガン〟は合唱隊のかわりで、オファラーの合唱隊はエリコの城壁を崩壊させた角笛さえ子供のおもちゃに思えるほどの威力を発揮する。合唱隊のプシオン効果は数光年を隔てても感じることができた。

いったとおり、ゲ・リアング＝プオにはオファラーの表情を読みとることができない。それでもテレスコープ状の頸を〝オルガン〟の管と同じ高さになるまでのばしているのを見て、かれが自分を見ていると判断した。

「力を合わせて共鳴効果をもたらすのだ」サラアム・シインはそういったが、ザプルシュ星系ですでに見ているので、彼女にとっては大きな驚きではない。「この基地のハウリ人はしばらくのあいだ、まともにものが考えられないだろう。それでも……ほんもののオファラーの合唱隊がいればよかったと思う。そうすればヘクサメロンの信者たちは、上と下の区別さえつかなくなっていたはずだ」

「オファラーが敵にならないことを願いたいもの」と、ゲ・リアング＝プオが真剣に応じる。「また、ギャラクティカーには、われわれが提供した機会に乗じるため、速度をあげてもらいたい。何度もできることではないから。パラ露の在庫は充分とはいえない」

彼女自身も消耗していたが、そのことは口にしなかった。どのみちサラアム・シインにはわかっていることだ。

*

ウシャアル星系はにぎわっていた。六十二個の惑星があり、その多くが衛星をしたがえていて、さまざまな種類の宇宙船が行き交っている。ハンガイ銀河の宇宙航行種族の半分が集まっているのではないかと思うほどだ。そんななか、小型で無害に見える《ハーモニー》はほとんど目立たず、サラアム・シインとカルタン人たちがわずらわされることは当分なさそうだった。

だが、それも一惑星に接近するまでのことだ。惑星パガルはウシャアル星系のなかでもとりわけ重要な場所だと、すでに明らかになっている。惑星チェオバドも同様だ。このふたつの世界はほかの喧噪《けんそう》から隔絶していた。

もちろん、ほとんど、あるいはまったく宇宙船がよりつかない惑星も存在するが、探知の結果、そこでなにかが起きているわけではないとわかる。

「あれがゼレンガア、ヴィル・コンがいっていた惑星です」ゲ・リアング＝プオが画面上の一光点を指さしていった。「外からの観測の結果、あそこにハウリ人の防衛システムの穴があることがわかっています。ジュリアン・ティフラーはゼレンガアに橋頭堡《きょうとうほ》を築きたいといっています」

「それは知りたくなかった！」サラアム・シインの口調が非難がましくなる。

「忘れていました」ゲ・リアング＝プオが悔やむようにいう。「この作戦についてはこれ以上話せません。機密ですから」

「機密らしく見えないが！」

カルタン人は絹のような頬髭《ひげ》を撫で、おもしろがるようにいった。

「わたしがテレパスだということを忘れないように。この遠征で、すこし練習が必要なようです。ヌジャラの涙の助けを借りずに任務をこなすのに慣れなくては」

彼女がべつの光点を指さすと、《ハーモニー》が即座に反応し、拡大映像を画面にうつし出した。

「パガルと衛星のジェゼトゥです」ゲ・リアング＝プオが説明する。「衛星はほかにふたつありますが、われわれには関係ありません。パガルは比較的大型の惑星ですが密度がちいさく、大気はわれわれにとって呼吸可能、表面重力も許容範囲内です。天候は荒々しく、つねに雲におおわれています」

「パガルはどうでもいい」と、サラアム・シイン。「ジェゼトゥのことはどこまでわかっている？」

「パガルと同じくらいです」カルタン人がそう答えたとき、《ハーモニー》が割りこんできた。情報を提供する必要があると判断したのだろう。

《ハーモニー》がデータを羅列した。ジェゼトゥの直径は七千キロメートル強、惑星パガルからの平均距離は九十九万五千キロメートル、表面重力は〇・七七G。

「追加データがあります」と、《ハーモニー》。「ジェゼトゥは極地から厚い氷におおわれていますが、赤道付近には動植物が豊富に存在します。物質シーソーの操作員の居住地もあります。三十カ所の居住地を特定しましたが、あと一、二カ所あるかもしれません。衛星には大きな海があり、そのいくつかは凍結しています。パガルとジェゼトゥのあいだには連絡船がつねに往復しています」

「ギャラクティカーが期待したような混乱は起きていないようだ」サラアム・シインが悲しげな低音でつぶやく。

「では、われわれが混乱をつくり出すしかありません」背後で一カルタン人がいった。

〈そしてこの首をあやうくするのだ〉サラアム・シインは危険な旅に乗り出したことをようやく実感していた。

だが、声には出さない。

自分の意志で参加した任務なのだ。引き返すことなどありえない。

「ジェゼトゥ到着はいつごろになる？」

「あと数分です」と、《ハーモニー》。「ですが、急がないほうがいいでしょう。疑念を招く危険があります」

サラアム・シインは了解した。すでにそれなりの期間カルタン人とつきあってきたので、ゲ・リアング＝プオが力を回復するのに、しばらく休息が必要なことはわかっている。実際、今回の件ではかなり消耗したのではないかと思っていた。

スクリーンを監視する役割はカルタン人男性たちが引き継いだ。《ハーモニー》が警戒しているので不要な作業なのだが、船はその点を指摘せず、サラアム・シインも《ハーモニー》と同じ姿勢を貫いた。

数分後、船内にはしずかでおちついた空気がひろがった……このあとそんな状況になることは当分ないのだが、かれらには知るよしもなかった。

3

サラアム・シインは狂った夢のなかで永遠の戦士イジャルコルに出会った……復讐に燃えるイジャルコルは、サラアム・シインが紋章の門にしたことを罰するため、かれの首を刎《は》ねようとしていた。サラアム・シインが夢のなかで絶望の淵に立たされたとき、オファラーの合唱が聞こえてきた。かれが聞いたことのない歌だ……ひどく不快で下品な、罵倒だけで構成されているような歌で、オファラーの音楽的な言語のなかに不規則にティンパニーの音を混ぜこんだかのようだった。

戦士イジャルコルもこの歌が気にいらないようで、巨大な剣を恐怖に硬直したサラアム・シインに向けて振り下ろした。だが、剣はひび割れた鐘にぶつかってオファラーの最悪の罵倒にふさわしい音を立て……頭のなかに不協和音が響いて、サラアム・シインは目をさました。

それでも音は響きつづけていて、サラアム・シインが音の正体に気づくまで、一瞬の間があった。《ハーモニー》が攻撃されていたのだ。

こんどはオファラー自身がティンパニーのような音を響かせた。その音をどう通訳すべきなのかはだれにもわからない。

「どうしてすぐに起こさなかった？」かれは音楽的ではない大声をあげた。そのあいだに急いでオファラーのローブを樽形のからだに巻きつける。

「申しわけありません」《ハーモニー》が謝罪した。「ハウリ人がこれほど早く反応するとは予想していませんでした。惑星パガルもその衛星も、まだはるか遠くです。あなたも攻撃されるとは思っていなかったはず」

その点については確信がなかった。

とはいえ、いまここで《ハーモニー》と口論してもしかたがない。もっと重要なことがある。

「撤退しますか？」サラアム・シインがボウル形の上部構造に向かうあいだに《ハーモニー》がたずねた。

「だめだ！　カルタン人を起こせ……とりわけ、ゲ・リアング＝プオを。急げ！」

「その必要はありません」《ハーモニー》がそういった瞬間、サラアム・シインはゲ・リアング＝プオと衝突しそうになった。彼女も深い眠りから目ざめたばかりらしい。

サラアム・シインは半裸のカルタン人の姿をはじめて見て、なぜ衣服でからだをかくすのかと疑問に思った。ゲ・リアングはもう若くないし、カルタン人にしてはいかつい体格だが、それでもスリムで、艶消しのグレイの体毛は美しい野獣のようだ……すくなくともかれはそう感じた。

だが、次の瞬間にはべつの思いにとらわれた。ぶつかりかけたことでローブが脱げ落ちたから。まったく異なるふたつの生命体が半裸で向き合い、どちらも恥ずかしく感じながら、相手がなにを思っているのかはわからない。そのときまたしてもティンパニーのような音が《ハーモニー》内に響いた。

「防御バリアにも限界があることは忘れていないでしょうね？」船がややぎごちない口調でたずねる。

サラアム・シインは急いでローブをかき合わせ、ゲ・リアングは花のように白いコンビネーションに身をつつみ、しばらく片足で跳びはねながらも、バランスを崩すことなく駆けだした。ほかのカルタン人たちもキャビンから出てくる。かなり服装が乱れている者もいたが、このときばかりはだれも気にしていない。

さらに衝撃があり、サラアム・シインは怒りのティンパニー音を何度か響かせたが、すぐに自制した。カルタン人がその音に、ハウリ人の突然の攻撃と同じように驚いていることに気づいたから。

「〝オルガン〟に！」と、甲高いトランペットのような声で指示し、すぐに装置のスイッチを入れて出力を最大にあげる。指示の一部はハウリ人にも聞こえたかもしれないが、意味は理解できず、ファンファーレが鳴ったと思うだけだろう。

ハウリ人がファンファーレを聞いたことがあるかどうかは不明だが、声は明らかにとどいたようで、その瞬間、攻撃がやんだ。

「わたしは旅の歌手です」サラアム・シインが慣れた調子でいい、ゲ・リアングが能力でかれを支援し、のこりのカルタン人女性たちはシンセサイザー部分にヌジャラの涙を供給した。「あなたたちを歌で鼓舞するため……」

ハウリ人がとくに鼓舞されたようすはない。《ハーモニー》の防御バリアがまばゆく燃えあがり、船は傷ついた獣のようにのたうった。

サラアム・シインはこれがアトランのもとめる混乱だとは思わなかった。かれはただ恐怖して……それ以上に怒っていた。怒りのあまりわれを忘れ、雷鳴のような音を響かせる。オファラー版の〝神のケツにかけて〟的ないいまわし……するとまた攻撃がやんだ。

〈ま、いい。これほど強力な声でないととどかないなら、それを食らわせるまでだ！〉

かれは一の日の歌を力強く、荒ぶる和音とはげしいティンパニー音で、ハウリ人に鼓膜があるならそれを圧する大音量で轟《とどろ》かせた。〝新しい宇宙が生まれ〟の部分にさしかかると、さらに朗々とメロディを響かせる。

〝……原物質の輝く雲の上に支配者ヘプタメルが漂うだろう。宇宙の強大な仕事を成し遂げ、それをつねに更新しつづける、シャムウの地の神々に敬意を表して〟

サラアム・シインはさらに興奮し、最後に近づくほどますます朗々と歌いつづけて……声量を落とそうともしない。それどころか洪水のように和音をくり出し、怒りと恐怖を洗い流そうとするかのようだ。

だれかに肩を揺すられ、ヴェールがかかったような視界の向こうにカルタン人女性の顔が見えた。

「もういい！」ゲ・リアングがいった。「充分よ、サラアム・シイン！ ハウリ人の攻撃はやんでる。パラ露も底をつきそうよ！」

なぜ……なにが……

声に出してたずねないだけの分別はまだのこっていた。最後の和音を徐々にちいさくし、〝オルガン〟のスイッチを切る。ハウリ人が聞いているのに、歌の途中でばかなことをたずねなかっただろうか、と考えることもなかった。

「攻撃はやんだのか？」と、なかば朦朧《もうろう》としてたずねる。

「歌がはじまったあとは撃ってきていません」入口近くに立っていたカルタン人男性、カム・ペラ＝ヘイが、妙にびくびくしたようすで答えた。

「どうかしたのか？」サラアム・シインがたずねると、モウ・モウ＝ヘイは大きなため息をつき、空になったパラ露の箱を床に落とした。

「たしかに感じる」と、ちいさくつぶやく。「祖先の魂にかけて……信じられないほどすばらしい教えだわ」

「ヌジャラの涙はほんとうにもうないのか？」サラアム・シインが驚いてたずねた。モウ・モウがなんの話をしているのかはわからない。

「そうよ」ゲ・リアングが不機嫌そうに答えた。「あなたが〝オルガン〟と呼ぶ悪魔の装置のなかにまだすこしあるけど、その程度じゃどうにもならない。モウ・モウ、しっかりして。歌はハウリ人を説得するためのものよ。あなたが影響を受けてどうするの！」

「すばらしいわ！」モウ・モウが抑揚を欠いた声でいう。「やっと宇宙の意味が理解できた」

「すごい！」同じく〝オルガン〟のすぐそばで作業していたカルタン人女性、ラウ・テフ＝ヘイもつぶやく。

「これで自分がなにをしたかわかったでしょう」ゲ・リアング＝プオがサラアム・シインにきびしい声をぶつけた。「カム・ペラ、ヴィア・アサ……両名を下に連れていって、ぐっすり眠らせて。影響がすぐに抜けるといいんだけど！」

「でも、かれらのいうとおりです！」カム・ペラがおずおずという。「なにかすばらしいことが起きて……それを感じました。ちがうんですか？」

ゲ・リアング＝プオは目を閉じてため息をついた。歯を食いしばるあまり、顎が震えている。カム・ペラがとまどったように自分の額を撫でた。

「なにも起きてはいない」ゲ・リアングがしずかにいい、ふたたび目を開けて、ヴィア・アサ＝ヘイに鋭い視線を向けた。「あなたはどう？　やっぱり影響を受けた？」

「確信はありません」十二名のなかで最年少のカルタン人が答えた。「あなたはもうすこしおちついて、このことを考えるべきだと……」

「もういいわ！」ゲ・リアングが憤然とさえぎる。「いっしょに下に行きなさい！」

カム・ペラは意を決したようにモウ・モウの腕をつかみ、引っ張っていった。ラウ・テフとヴィア・アサも、多少逡巡《しゅんじゅん》しながらそのあとにつづく。

ゲ・リアングはサラアム・シインに向きなおり、考えこむようにかれを見つめた。

「次からは部下に耳栓を支給する必要があるわね」と、ややあって口を開く。「さもないと、ほんとうにヘクサメロンの信者になってしまう。それで？　このあとはどうするの？」

「わからない」サラアム・シインは弱々しいハミングで答えた。「うまく記録できたことを願うだけだ。あの歌唱をかんたんにくり返せるとは思わないから」

「当然ね」ゲ・リアングが淡々という。「パラ露もうないし。ただ、わたしがたずねたのは歌のことじゃなくて、現状の話よ。《ハーモニー》はあなたの船だから、あなたが命令しないと。そうでしょう？」

　サラアム・シインはためらった。

「充分な混乱を引き起こせたと思うか？」と、不安そうにたずねる。「アトランがもっとくわしく計画を説明してくれればよかったのだが。これで充分かどうか、判断できないのだ。もうすこし待ったほうがいいかもしれない」

「なにを待つの？」ゲ・リアングがいらだたしげに問いかえす。「ハウリ人がわれに返って、攻撃を再開するのを？　サラアム・シイン、この手は二度と使えないわ。手遅れになる前に離脱すべきよ！」

　サラアム・シインは動揺し、疲れきっていて、こんな状態ではなにも決断できないと思った。だが、しなくてはならない……ゲ・リアングが正しいのはわかっていた。指示を出さなくてはならない。負うべき責任があるのだ。

　責任が……なんに対して？

　もちろん、十二名のカルタン人に対してだ。だが、それはコインの片面にすぎない。もう片面にはアトランの計画がある……サラアム・シインが知らない計画が。

　これほど疲れきっていなければもう一度ティンパニー音を響かせ、こんどは自分自身を侮辱の標的にしていたところだ。

　どうしてこれほどおろかで傲慢になれたのか！　こういう任務を引き受けるには事前

にくわしく情報を得ていなくてはならないのに、かれは尊大にも、なにも知らずに引き受けたのだ！

　きわめて短かった別れぎわのことを思い出し、ゲ・リアングに向きなおる。

「きみはアトランの計画を知っているはず！　これで充分かどうか、わかっていたのだろう！」

　カルタン人はためらうようすを見せた。〈なぜだ？〉と、サラアム・シインは自問した。

「残念ながら、わたしも知らないの。でも、あらためていうけど、わたしたちにできることはもうない。パラ露を使いきってしまったから。引き返しましょう」

　そのとき、朗々とした声が響いた。

「ジェゼトゥより旅の歌手へ」ハウリ人がいった。「われわれ、深く感動した。ぜひこちらにきてもらいたい。誘導ビームにしたがえ！」

　サラアム・シインはテレスコープ状の頸を痛いくらい強く引っこめた。ゲ・リアング＝プオはその横で毛を逆立て、驚いて、いつでも飛びかかれる体勢だ。ただ、この場合、飛びかかる相手はその場にいないわけだが。

「アトランの計画に、ジェゼトゥに着陸することはふくまれてないわ。拒否しないと」

　サラアム・シインは拒否の口実に窮した。よほどうまい口実でなくてはならないだろう。

「その言葉はうれしいし、わたしの歌を気にいってくれてよかった」と、ようやく答える。「ですが、支配者ヘプタメルを讃える声をとどけたいところはほかにも多いのです。一巡したら、よろこんでまたここを訪れましょう」

「われわれ以上にきみの歌を必要としている者はいない！」そういうハウリ人は明らかにヘクサメロンの信者で、高い権威を持っているようだった。「ジェゼトゥこそがきみのいるべき場所だ。立ち去ることは許さない」

「どういう意味です？」サラアム・シインが驚いて問いかえす。「わたしは自由な歌手で、好きなところに行きます」

「きみはヘクサメロンに奉仕する者だ」ハウリ人は無愛想にいいかえした。「われわれと同じこと。義務をはたすのだ。必要とされている場所で。ジェゼトゥにこい！」

「衛星に接近しています」《ハーモニー》が報告した。「牽引ビームはさほど強力ではありません。離脱しますか？」

「そんなことをしたら撃たれるだろう」サラアム・シインが憂鬱《ゆううつ》げに答える。まちがいなくそうなるという確信があった。

たんなる威嚇《いかく》射撃ではない。《ハーモニー》は破壊され、乗員は全滅だ。

〈では、どうする？　ちょうどいいのではないか？　アルコン人が期待した以上の混乱

が起きることになる！〉

最終的に《ハーモニー》は破壊され、十三体の死体が転がることになるだろうが……カルタン人十二体と、オファラーの名歌手一体の死体が。

「わかった」サラアム・シインが悲しげにいった。「きみもそれでいいな、ゲ・リアング？」

「そうするしかないでしょう？　それに……悪いことばかりじゃない。ハウリ人が目の前にいれば、パラ露がなくても考えが読めるわ。なにか重要なことがわかるかもしれない」

サラアム・シインはその点には思いいたっていなかったが、そう考えればほかにも好ましい可能性が見えてきて、突然、世界が友好的な色をとりもどした……友好的な音を、というべきか。

「たしかにそのとおりだ」かれは幸せそうな笛の音で応じた。「ジェゼトゥ……いま行くぞ！」

4

ハウリ人の入植地は調和のとれた美しい色合いの衛星表面にできた、見苦しいできもののようだった。

ジェゼトゥは美しい世界だ。極圏をはるかにこえてひろがる氷床があってもそれは変わらない。氷床自体がさまざまな表情を見せ、ふたつの恒星の光を受けて、華やかな彩りをつねに変化させつづけている。浅く透明な海に浮かぶ氷山はしばしば赤道付近にまで漂ってきた。まるで奇妙なかたちに結晶した淡い色の船のように、堂々と、悠然と、遠い目的地に向かって航行しているかのようだ。氷山には艶《あで》やかで大型の海生生物の群れがとりつき、海が温かくなってくると、巨大な海藻が海中に深く暗い森をつくった。そこにはさまざまな生物が棲みついている。

氷床が終わるあたりの寒冷な沿岸部には丈の低い植物が繁茂して、さまざまな方法で寒さから身を守り、驚くべき色彩の豊かさを見せていた。多少とも温暖な場所では多くの植物が目のさめるほど鮮やかなグリーンにきらめいている。

　大陸は大部分が雪と氷の下に埋もれているため、その数やかたちは判然としなかった。衛星表面の氷のない部分には三つの大きな陸塊のほか、群島がいくつか散在している。誘導ビームは《ハーモニー》を一大陸に向かわせていた。南北は広大なツンドラだが中央部分は濃い原生林で、そこから雪を頂《いただ》いた不毛な山塊があちこちに顔を出している。

　原生林のなかに数カ所、明らかに自然のものではない空き地が見えた。その状態から察するに、ハウリ人は化学物質を使って空き地をつくったようだ。宇宙の終焉を願う〝最後の六日間〟の死の教義を信じる者たちにとって、無数の動植物が苦悶のなかで死を迎えることなど、なにほどのことでもないだろう。かれらは蛮行のシュプールを消すどころか、かくそうとさえしていなかった。居住地は立ち枯れた木々にかこまれ、かつて青々としていたはずの周囲の植物は薬品のせいで変色し、そのあいだにさまざまな腐敗段階の、無数の動物の死骸が転がっている。その場の動物が死に絶えて終わりではないのだ。死骸のにおいに腐肉を漁《あさ》る動物が引きよせられ、同じように毒に当たるから。かれらはその場で死ぬわけではなく、周囲のジャングルに毒を持ちこんで息絶える。

　ハウリ人は高度な文明を有しているが、この光景を見たサラアム・シインは、それを文化と認めたいとは思わなくなった。

　ハウリ人が歌に反応したことで、かれはいっとき、共感に近いものを感じていた。だが、ジェゼトゥのハウリ人居住地をかこむ死の領域を見て、そんな感情は消え失せた。

《ハーモニー》が着陸態勢に入り、恐怖の映像をそれ以上見る必要がなくなって、ほっとする。

居住地にはひろい着陸床と、いくつかの大きなグレイのホールと、同じくグレイのひとつづきの居住棟があった。街路もグレイだ。全体的に清潔だが、なんとも不毛な印象だった。木の一本、藪のひとつ、草の一本どころか、苔《こけ》さえ見当たらない。のっぺりした環境に唯一変化をあたえているのは居住地のはずれにある送信塔だが……それさえもグレイだった。死の領域の彼方にあるジャングルは遠く暗い壁でしかない。

着陸床はほぼからっぽだった。《ハーモニー》のほかには大小さまざまなグライダーが数機、広大な敷地のはずれに駐機しているだけだ。

そのうちの一機が動きだし、《ハーモニー》に接近してきた。

「歓迎部隊のようね」疲れきったようすのゲ・リアング＝プオがいった。「すぐにもう一曲歌えなんていいださないといいけど！」

「べつにかまわない」サラアム・シインが怒りのこもった低い声でいう。「その場で逆立ちしろといわれてもいい……どうせしたがわないから。休息が必要だ。かれらにそれをやめさせる手立てはない」

「そう願いたいわ」と、ゲ・リアング。

彼女はモウ・モウ＝ヘイとラウ・テフ＝ヘイとヴィア・アサ＝ヘイのことが気がかり

だった。あの三名のようすを見る時間がとれていなかったから。

理論的には、この任務でわずか三名が支配者ヘプタメルに部分的に感化された程度では、たいした不都合は生じない。だが、現実はかなり様相が異なる。三名がハウリ人のいうがままになる恐れがあるから……たとえば、サラアム・シインのトリックを敵に漏《ろう》洩《えい》するかもしれない。

グライダーが停止し、二名が外に出てきた。

片方はまちがいなくハウリ人だ。黄色っぽいグレイのローブを着用し、フードはうしろに押しやっていて、骸骨のような頭部は暗褐色だ。もう片方はカルタン人だった。ハウリ人の教義に賛同して行動をともにしているカルタン人が存在することはゲ・リアングも知っていたが、それでも驚きのあまり、彼女はサラアム・シインの言葉を聞き逃してしまった。

オファラーが彼女を軽くつつく。

「どうかしたのか？」

ゲ・リアングの体毛が一瞬だけ逆立った。

「なんでもない」そうはいったものの、その声は奇妙に聞こえた。「かれらに挨拶しないと」

「いま、ついてくるようにいったろう！」

ゲ・リアングはためらった。

「そうね」と、ようやく小声で応じる。「ええ、いっしょにいったほうがよさそう」

サラアム・シインは彼女の態度が気になったものの、なにもたずねなかった。

かれが先に立ち、ゲ・リアングが妙にためらいがちにあとにつづく。カルタン人に会うのを恐れているように見えるが、さっさとすませてしまいたがっているようでもあった。サラアム・シインは一瞬だけ考えて、理由がわかったと思った。ゲ・リアングは同族に本心を見抜かれるのを恐れている。ハウリ人のことはほとんど気にしていないようだ。ハウリ人にはかんたんに見透かされたりしないと考えているのだろう。

「かれらはまだ、わたしの歌の強い影響下にあるはず」サラアム・シインが自分の推測をもとに、小声で力づけるようにいう。「決定的な質問を投げかけてくることはないだろう」

ゲ・リアングはなにもいわないが、不安は拭《ぬぐ》えないようだった。

《ハーモニー》はオファラーとカルタン人が外に出ても問題ないと判定していて、どちらにも防護服を用意しなかった。

外はサラアム・シインの感覚では気持ちのいい暖かさ、カルタン人の感覚では暑すぎるくらいの気温だった。湿度が高く、ときおり突風がジャングルから甘く刺激的な香りを運んでくる。ちいさなつむじ風がひとつ、土埃《ぼこり》を巻きあげて着陸場で旋回していた。

「ようこそ、旅の歌手」ハウリ人がいった。「われわれのところで数日すごして、支配者ヘプタメルを歌で讃える手伝いをしてもらう」

それは依頼ではなく決定で、トランスレーターもそのように通訳した。サラアム・シインはこの場でコメントする必要はないと判断した。ゲ・リアングは身をかたくしてかれのそばに立ち、なにかを待っているようだ。

「きみはわたしが知っているどの種族ともちがう」ハウリ人の口調はサラアム・シインの存在自体がかれに対する個人的な侮辱だといっているかのようだった。たぶんあちこち見てまわって、ハンガイ銀河の全種族を知っていると、思いあがっているのだろう。

サラアム・シインはまだなにもいわない。

「どこからきた？」ハウリ人はしばらくじっと名歌手を見つめたあと、ようやくそうたずねた。見つめていてもオファラーが答えなかったので、いら立っているようだ。

「名もないちいさな世界です」サラアム・シインは生体シンセサイザーに力強い声を乗せ、歌うように答えた。「故郷惑星はあなたの興味を惹くようなものではありません」

ハウリ人は一瞬、目眩《めまい》をおぼえたようだった。

「名もない、興味も惹かない世界か」ハウリ人の声が急に優しくなった。「だれもがきみのように歌えるのか？」

「論理的に考えてください」サラアム・シインはいくつかティンパニー音を混ぜたが、

トランスレーターはそれを無視した。「だれもがわたしのように歌えるなら、当然、あなたがわたしの故郷惑星を知らないはずがないでしょう。わたしは例外なのです！」

ハウリ人は一瞬ためらってからこういった。

「もちろんだ。偉大な例外だとわかっている。きみの歌声のようなものはだれも聞いたことがない。もっとわれわれのために歌ってくれるか？」

その言葉にさっきほどの自信と傲慢さは感じられなかった。

「休息したあとでなら」サラアム・シインは声にやや悲しげな調子をひそませた。「前の歌唱で疲れきってしまって、休息が必要なのです」

「しっかり休んでくれ」ハウリ人はそういうと、まるで目の前にいるのがサラアム・シインだけではないことにはじめて気づいたかのように、ゲ・リアング＝プオに向きなおった。

「きみも歌えるのか？」

ゲ・リアングが動揺しているので、オファラーがかわりに答えた。

「見てのとおり、彼女はカルタン人です」と、軽く皮肉を効かせる。「船には彼女の同族が十名ほど乗っていて、いろいろなことを手伝い、作業にも手を貸してくれています。かれらの助力がなければ、あれほど強く印象的な歌をうたうことはできません」

「強く印象的か」ハウリ人がほとんど夢みるような口調でくり返す。「ああ、まったくそのとおりだった。よし、きみはわれわれのゲストだ。住居を割り当てよう。仲間のカルタン人の数を教えてくれ」

「失礼ながら、わたしは仲間と船にとどまりたい」サラアム・シインが力強くトランペット音を鳴らしていった。

「船から歌えるのか？」と、ハウリ人が不思議そうにたずねる。

「前もそうだったでしょう！　ですが、もちろん、船外には出ますし、居住地も見てまわりたいもの。ただ、わたしと仲間たちは《ハーモニー》で眠るつもりです。そのほうが慣れていますし、わたしは特殊な歌手なので、特別に必要なものがあります。あなたにはもっと重要な任務があるはず。わたしにばかり関わっているわけにはいかないでしょう」

「たしかに」と、ハウリ人。「きみの言葉はほんものの信仰の徒のものだ。分別が感じられる……それはいいことだ」

サラアム・シインはつづきを待ったが、ハウリ人は無言のままだった。

「では、われわれ、船で寝起きして、居住地を自由に歩きまわってかまいませんか？」

「ああ、もちろん。そうしてくれ。すべてはきみたちの便宜と、完成の計画のために」

「念のため、あなたの名前を教えていただけますか？」

「ああ、そうか、忘れていた。わたしはゴタン・モル・ブラルク、これは副官のアルンド・ケルだ」

オファラーは六本の触手のひとつを大きく振った。

「この居住地でのあなたの地位はなんですか、ゴタン・モル・ブラルク？」

「首席通信士だ」ハウリ人が答えた。

同時にアルンド・ケルがちいさく一歩進み出る。

「きみの故郷世界のポジションと種族名ときみの名前、それに仲間のカルタン人全員の名前を教えてもらいたい！」

サラアム・シインは音楽的な驚きの声をあげた。

「このカルタン人には、あなた自身が不要と判断した情報をたずねる資格があるのですか？」と、ゴタン・モル・ブラルクに問いただす。

「あるわけがない！」と、首席通信士……その職名がここでどんな地位をあらわすのかは知らないが。「ときどき職務熱心になりすぎることがあるのだ。だが、忠実な信者なので、いまの態度は見逃してもらいたい。もう行っていい、旅の歌手。充分休んで、また歌う準備をしておくように」

どんな歌をうたうのかは、ゴタン・モル・ブラルクが説明するまでもない。

アルンド・ケルはためらっていて、サラアム・シインはかれがまだ疑念をいだいていることをひしひしと感じた。質問したいのだろうが、ゴタン・モル・ブラルクがその時間をあたえなかった。カルタン人はその場をはなれる首席通信士に……しぶしぶと……したがい、去っていった。

「あのカルタン人は問題になりそうだ」グライダーを見送りながらサラアム・シインがつぶやいた。「わたしの歌に影響を受けていないようだった！」

「わたしがなんとかできるかもしれない！」ゲ・リアング＝プオがいささか妙な口調でいう。

サラアム・シインはテレスコープ状の頸をのばし、奇妙な顔でカルタン人を見た。ゲ・リアングはまばたきひとつせずに立っている。

「気をつけたほうがいい」サラアム・シインがしずかにいった。「あの男は危険だ。わたしでもわかる！」

ゲ・リアングはちいさくかぶりを振って毛を逆立てた。サラアム・シインにはその意味がよくわからなかった。なにを意味していても不思議はない。

「全員、充分注意する必要があるわ」《ハーモニー》のエアロックに向かいながらカルタン人がいった。「とくにあなたよ、サラアム・シイン！　ハウリ人がたいした苦労もなくタルカンとメエコラーのあいだを行き来できることはわかってる。一宇宙からべつの宇宙に多くの情報が移動しているということ。あなたの種族は特殊な能力を持っているし、それ以上に、ハウリ人が存在するメエコラー領域で大きなセンセーションを巻き起こした。ここにいるハウリ人のだれかがオファラーの歌手のことを知っていたら、すぐに逃げ出す以外に打つ手がないわ」

おかしなことに、サラアム・シインはそれが彼女の真意ではないように感じた。ただたんに……あるかどうかわからない……脅威を指摘して、かれが自分の仕事に専念するよう、誘導していると感じたのだ。

オファラーは驚きのあまり、しばらくなにもいえなかった。適切な答えを探したものの、それが見つかる前にゲ・リアングは《ハーモニー》のなかに姿を消していた。

5

ゲ・リアング＝プオはさわやかに目ざめた。もう《ハーモニー》船内に響く不気味な音は聞こえない。サラアム・シインはまだ自分のキャビンにいるが、ほかのカルタン人たちも目をさまし……いら立っていた。

「居住地を見てまわる許可が出たとオファラーに聞いた」ゲ・リアングが《ハーモニー》の司令室に入ると、カム・ペラ＝ヘイがいった。「ほんとうなのか？」

「ええ」ゲ・リアングはうなずき、その場にいる者たちを見わたした。カルタン人全員がそろっている。モウ・モウ＝ヘイも、ラウ・テフ＝ヘイも、ヴィア・アサ＝ヘイも。

ゲ・リアングは意を決して、三名を指さした。

「あなたたちはのこって！　ほかの者たちは船外に出ていいわ。この居住地にはカルタン人もいる。サラアム・シインとわたしはすでに一名と短時間だけ会っている。アルンド・ケルという、ハウリ人首席通信士の副官よ。このカルタン人には用心すること！　ほかのカルタン人がいたら、目立たないように近づいて話を聞いて。ただし、よく注意すること！　ヘプタメルの信者のようにふるまうことを忘れないで！」

かれらは全員〝六日間の歌〟を学んでいた。サラアム・シインがいるので、そうむずかしいことではない。しかもかれらは経験豊富な、戦闘で鍛えられたカルタン人だ。それでもゲ・リアングは居住地に向かいながら、腹の底にわだかまる不安をどうにもできずにいた。

彼女自身の頭のなかにも、モウ・モウやラウ・テフやヴィア・アサほどではないが、サラアム・シインのすばらしい歌が響きつづけていたのだ。

ヌジャラの涙なしでの任務にはもう慣れたが、とりわけ女性の同僚の一団を相手にすると、まだどこか違和感があった。

モウ・モウとラウ・テフは《ハーモニー》のなかではもっとも若手だが、それでもパラ露があればすぐれた超能力を発揮した。ヴィア・アサも優秀な能力者で、ゲ・リアングよりも有能なくらいだ。

そんなかれらも、いまはもうゲ・リアングの不安を感じとることはできなくなっていた。かれらの超能力は失われ、たぶんもうもどってこない。

それが自分の責任でないことはわかっていた。彼女だけがほかとちがっているのも、彼女のせいではない。自分が〝ほんものの〟超能力を持っているとは、考えたこともなかった。たしかに、彼女のパラ露使用量は昔からきわだってすくなかった。だが、そういうことはままある。ヌジャラの涙がなくても超能力が使えるとは、ほかのカルタン人はもちろん、彼女にとっても思いがけないことだった。

能力が失われていないことはよろこべばいいし、実際、彼女はうれしく思っている。だが、モウ・モウやラウ・テフやヴィア・アサを見ていると、自分が能力を保持していて、ほかの者たちがそうではないことに、やはり罪悪感を感じないわけにはいかなかった。だれがこうなっていてもおかしくなかったし、ほかの者ならもっと早く、かんたんに克服できたのかもしれない。だが、ゲ・リアングはそうではなかった。彼女は自分の能力をどう評価すればいいのかわからなくなっていた。

もちろん、この状況でゲ・リアングが能力を保持しているのはとても有利だ……が、だれにとって有利なのか？　全員にとってなのは当然だし、サラアム・シインにとっても、またこの遠征隊にとってもそうだろうが……ゲ・リアング自身にとっても有利なのではないか？

《ハーモニー》においてカルタン人たちの変化に目をとめているのはサラアム・シインだけではないが、それをおもしろがっているのはかれだけだ。

ゲ・リアングにしてみれば、おもしろがるどころではなかった。

超能力を失ったカルタン人女性たちは、同族の男性に対する優越感も徐々に失っていった。きわめて緩慢ではあるが、確実にそうなっている。同時にカルタン人男性のほうは生物学的な劣等感を克服しはじめ、両性は対等になりつつあった。そのため、ゲ・リアングは各種の規則を遵守《じゅんしゅ》するよう、強く要請しなくてはならなかった。

ただ、それが必要な規律のため、グループ全体のためなのか、それともそこに多少の嫉妬が混じっているのか、彼女にはよくわからなくなっていた。

オニ・バス＝ヘイがそばにいるとトル・ゼンが独特なユーモアのセンスを発揮することや、プラ・キトがモウ・モウ相手に長々と芸術の話をすることは、すでに周知の事実となっている。ほかの者たちも同じようなものだ。たしかにたいしたことではないし、高位女性はおろか者をこの遠征に参加させたりしない。《ハーモニー》に乗っているカルタン人はどうふるまえばいいかを承知していて、それは男性も女性も同じだった。

ゲ・リアングがグループの士気について心配する必要はなく、それは彼女自身についても同様だ。

だが、いま、彼女は自分のことを心配していた。

このままではのけ者にされてしまう。

ある意味、すでになっているのだ。彼女は唯一のエスパーであり、生涯はじめて、その能力にネガティヴな一面があることを実感していた。

ため息をついて、モウ・モウとラウ・テフとヴィア・アサに注意を集中する。

三名に〝最後の六日間〟の教義の実態を思い出させるのはむずかしくなかった。ほんとうに忘れてしまったわけではないから。サラアム・シインが……またゲ・リアングが……歌にこめた力に、強く当てられただけだ。

歌によってヘクサメロンの信者になったわけではない……それはそうかんたんなことではなかった。ただ、かれらの信仰にも真実があるのではないかと考えはじめたにすぎない。たぶん全員が多少ともそんな思いをいだいたはずで、心配なのはそこではなかった。それがこの場所で起きたことが問題なのだ。

モウ・モウとラウ・テフとヴィア・アサはゲ・リアングがしていることに気づいていない。四名で話し合ったあと、三名の〝患者〟の言動はほとんどそれとわからない程度に、徐々に変化していった。最終的に居住地を訪れて周囲を見わたしたかれらは、そこがきわめて敵対的な環境で、ひとことの失言も許されないことを理解した。

ゲ・リアングは三名の面倒を見ながら……道理に反して……罪悪感をおぼえた。

こんな〝操作〟をするのはハウリ人と同じではないのか？

だが、やはり、モウ・モウとラウ・テフとヴィア・アサが独自にそうした考えにたどり着くことはなかった。ゲ・リアングはかれらからなにも奪っていない。かれらが望んでいないものから解放しようとしているだけだ。

ゲ・リアングが開いたエアロック内に立って考えをめぐらせていると、助けをもとめる声が聞こえた。オニ・バスが恐怖の声をあげている。ゲ・リアングは即座に、おろかだが深刻なミスをおかしたことに気づいた。

*

いっしょにスタートした八名のカルタン人は危険な状況を理解していた。それでもせまい船内から外に出られてよろこんでいる。

かれらにとって衛星ジェゼトゥは暑すぎるし、空気は嗅《か》ぎ慣れないにおいがするうえ、かび臭く感じられた。サラアム・シインはかび臭さを感じていないが、それはかれの嗅覚がカルタン人ほど鋭敏ではないからだ。

それでも空は晴れわたり、船内の淀んだ空気とちがって、風がしきりに向きを変えながら吹きつけてくる。

居住地は魅力的には見えず、着陸場はいっそう無味乾燥だったが、選んだ居住地以外に行くあてもなかった。グレイのかたい街路を歩き、退屈な建物群のあいだをぶらついていると、突然、声が聞こえた。

声は大きく、カルタン人のものだ。

「見にいきましょう」ゲ・リアングの副官という位置づけのサル・エダ＝ヘイがいった。

「話が聞けるかもしれない。どうやらそのつもりみたいだから」

声は開いた戸口の奥から聞こえていた。戸口の先は薄暗い部屋で、奇妙なにおいがする。明かりはアルドゥスタアル銀河のカルタン人にも適していたが、においはそうではなかった。相手はもうかれらの姿を見つけていた。

「入ってくれ、美女たち！」一カルタン人が特徴的な、サラアム・シインの乗客たちがすでに聞き慣れた訛《なま》りのあるカルタン語でいった。「きみたちならいつでも歓迎だ！」

サル・エダは仲間たちに問うような視線を向けた。

「先に進んで！」オニ・バスがうながす。「ほかにも話のできる場所があるかもしれない。トル・ゼンとわたしはここで聞きこみをするわ」

サル・エダはためらった。においが気にいらなかったから。だが、オニ・バスはいいだしたら聞かない。彼女はサル・エダの返事を待つことなく、奇妙なにおいのする部屋に入っていった。

「わたしもここにのころう」カム・ペラがしずかにいい、思いついたようにつけくわえた。「念のためだ」

サル・エダはそれで満足し、のこりの者たちと先に進んだ。

オニ・バスはもう部屋の奥に向かっている。トル・ゼンとカム・ペラがゆっくりと、おちついた表情でそのあとにつづいた。どちらも内心では注意をおこたらず、緊張しきっている。

たいていのカルタン人女性は男性のちょっとした弱点を軽蔑しているが、そうした弱点を間近から見る機会がない者も多かった。メエコラーのカルタン人のなかにも、中毒性のある飲料を好んで摂取する者がいる。眉をひそめられるし、多くの場所で禁止されてもいるが、なんとしてもハイになりたいという者たちはつねに抜け道を見つけ出した。

カム・ペラはさまざまな経験があり、部屋に充満しているにおいもよく知っていた。かれはオニ・バスがそのにおいを知らないと確信していた。オニ・バスはエスパー学校で育ち、その後はほぼずっと宇宙船ですごしてきた。惑星カルタンにもどったあとも、ヘイ家の上級エスパーが暮らす都市部の屋敷に住んでいた。エスパー学校でも宇宙船でもヘイ家の屋敷でも、中毒性飲料に触れる機会はないだろう。

トル・ゼンはどうだ？

カム・ペラはかれのことをよく知らなかった。オニ・バスと同じように若く、やはりエリート学校の出身で、すばらしい技術を持った偉大な戦士……知っているのはその程度だ。

オニ・バスがかれらを部屋のなかに招いたカルタン人に近づいていく。かれは色鮮やかな衣服に身をつつみ、化粧までしているので、なんとも奇妙に感じられた。ハンガイ銀河の習慣なのだろう。

「すわってくれ、かわいいお嬢さん！」いささかろれつが怪しくなっている。「お名前は？」

その瞬間、カム・ペラは自分もミスをおかしていたことに気づいた。

オニ・バスについてきたのは、ここでなにが飲まれているかわかっていたからだ。ただ、その飲料がオニ・バスにおよぼす影響のことしか頭になかった。奇妙なカルタン人は彼女の腕をつかみ、自分の隣りのクッションの上にすわらせようとしている。

アルドゥスタアル銀河では、カルタン人男性はたいていこういう場所に独居している。なんらかの理由でカルタン人女性がそこを訪れた場合、男性は最上級の丁重さで女性に対応し、できるだけ早く出ていってもらおうとするのがふつうだ。

ハンガイ銀河のカルタン人は、それとは正反対の態度をとるようだった。

オニ・バスは凍りついた。見知らぬカルタン人男性が彼女の腕をつかみ、自分の隣りのクッションにすわらせようとしているのだ。彼女は鉤爪をむき出し……

……同時にトル・ゼンが見知らぬカルタン人に突進した。

トル・ゼンは相手よりも若く、強く、敏捷《びんしょう》で……酔ってもいなかった。そのため、戦いはすぐに終わった。この奇妙な一団のほかの面々は、当然、興味深くなりゆきを眺め、友が負けたのがおもしろくないようだった。

「行くぞ！」カム・ペラが切迫した口調でいう。

「でも……」オニ・バスは反論しかけたが、カム・ペラは有無《うむ》をいわさず引っ張っていった。彼女はそんな事態になったことに驚いているようだ。

ほろ酔いの数名がかれらを引きとめようとしたが、うまくいかなかった。カム・ペラとトル・ゼンは身を守るすべを心得ているし、オニ・バスも完全に臨戦態勢だったから。カム・ペラは彼女の態度が決定的要因だったのではないかと思った。ほかの者たちは驚いて、見ていることしかできなかったのだ。

＊

ゲ・リアングはカルタン人女性全員を急いで船に呼びもどした。かれらを送り出したこと自体が失敗だった。この地の条件が、自分の慣れ親しんだ環境とはまったく異なることを考えるべきだったのだ。

アルドゥスタアル銀河のカルタン人女性が技術志向の仕事に向かないことは彼女にもわかっていた。もちろん例外はあるが、それはむしろその状況を強化するだけだった。ここ、衛星ジェゼトゥでは、さまざまな出自のヘクサメロンの信者たちが、重要な、たぶんきわめて危険な作業に従事している。そこにいるカルタン人女性は、たぶん皆無《かいむ》だろう。

アルドゥスタアルでなら、それが問題になることはない。現場をはなれれば女性はいくらでもいるから。だが、アルドゥスタアルははるか彼方だ。

「なにがあった?」サラアム・シインがカルタン人たちの興奮したようすに気づき、まだ憤慨しているトル・ゼンを見ながら、驚いたようにたずねた。

オニ・バスとトル・ゼンが口々に話しだしたが、同時にしゃべるので、サラアム・シインにはよく理解できなかった。

「しずかに！」ゲ・リアングが憤然と叫び、事情を説明した。

「ばかなことをしたわね、オニ・バス」説明を終えて、ゲ・リアングがいった。「もっとおだやかに対応すべきだった。そうすれば、相手の知っていることを聞き出せたかもしれない」

オニ・バスはショックのあまり息をのみ、トル・ゼンの目には剣呑《けんのん》な光が浮かんだ。

「まさか本気じゃないでしょう！」と、トル・ゼン。

ゲ・リアングは荒々しい身振りでかれを黙らせた。

「もちろん本気よ！　どんな目で見られているかわかる？　ここがどこなのか、だれも考えなかったの？　けんかなんて、いちばんやってはいけないことだった。表向き、〝最後の六日間〟の信者だということになっている……」

「……からこそ、オニ・バスとトル・ゼンの行動は正しかった！」サラアム・シインが途中から口をはさんだ。

ゲ・リアングが不思議そうにかれを見た。

「どういう意味？」と、とまどってたずねる。

「かんたんなことだ！　ハウリ人は禁欲主義で、放埒《ほうらつ》な行動を許さない。ここ、ジェゼトゥでは多少規律がゆるいとしても、かれらはそれをしぶしぶ認めているにすぎない。オニ・バスとトル・ゼンの行動には同情的だろうし、むしろポジティヴな行為と考えるかもしれない」

「そうではなかったら？」

「すぐにわかることだ」

「訪問者です！」《ハーモニー》が報告した。

エアロックの前にグライダーが着陸し、その横にはしょげかえったようすの一カルタン人が立っていた。ゲ・リアングにはすぐにそれがだれなのかわかった。

首席通信士ゴタン・モル・ブラルクの副官、アルンド・ケルだ。

「いっしょに行こう、ゲ・リアング」サラアム・シインがいった。「きみとわたしで対応するんだ」

だが、対応すべきことはなかった。アルンド・ケルは同胞の行為を謝罪し、あのようなスキャンダルは二度と起きないようにすると確約した。ゲ・リアングはほっとして謝罪を受け入れた。

そのとき、アルンド・ケルの視線で、彼女はまたミスをおかしたことに気づいた。カム・ペラとトル・ゼンを前面に出すべきだったのだ。ハンガイ銀河のカルタン人にとって、女性がこうした役目をはたすのは、ひかえめにいって奇妙だから。

だが、その印象を消すにはもう手遅れだった。

6

この事件でひとつ収穫があったとすれば、それは全員がもっと注意して、この件を忘れないようにしなくてはならないという意識がかたまったことだった。

その後数日間、カルタン人女性たちはほとんど船外に出ず、なにかあれば介入できるよう《ハーモニー》で待機していた。

一方、カム・ペラたち男性は居住地内を頻繁に歩きまわった。サラアム・シインが何度か〝歌〟を披露したあとは、同行するカルタン人もジェゼトッの居住者たちから敬意と共感を向けられるようになった。

これはその居住地だけでなく、ほかの場所でも同じだった。どの居住地も名前がなく、番号で呼ばれている。一時的な施設で、すぐに放棄されるのだろう。

これら居住地の住民のほぼすべてが、とくにすることもないまま次の任務を待っていた。おかしなことに、かれらは次の任務がなんなのかよく知らないし、気にもしていないようだった。惑星パガルに連れていかれるのがわかっているだけだ。パガルがどんなところなのか、そこでなにをするのか、任務の目的はなんなのか……そうしたことにはまったく関心がないらしい。

サラアム・シインとカルタン人たちは直截《ちょくせつ》な質問をひかえ、物質シーソーという言葉さえ出さなかったが、ジェゼトゥの居住者はこの言葉を知りもしないという印象だった……いうまでもなく、物質シーソーを使った恐るべき計画のことも。

ジェゼトゥでパガルへの移送を待っているさまざまな種族は、全員が広範な技術訓練を受けていた。かれらは数カ月前、長い者だと数年前にハウリ人の信仰に改宗し、支配者ヘプタメルの教えの正しさを信じている。不信心者や信仰がぐらついている者はおらず、正面きった働きかけは明らかに無意味だった。

いちばん数が多いのはハウリ人で、細かいことはすべてかれらが決めている。ほかの種族の数はまちまちだが、カルタン人は重視されていて、そのため首席通信士の副官にも任命されていた。

ジェゼトゥにおけるゴタン・モル・ブラルクの役割もすぐにはっきりした。首席通信士という肩書きは、最初はあまり重要なものとは思えなかった。だが、すぐに、ゴタン・モル・ブラルクがこの衛星の最高責任者だということがわかった。

当然、その副官もかなりの権限と影響力を持っていることになる。

ジェゼトゥには秘密施設も特殊な保安設備も存在しない。なにかを建設したり、組み立てたりということもしていなかった。ひろいホールには居住者の生活必需品が保管されているだけだ。管理業務に当たる〝人員〟はごく少数で、仕事もあまりない。かれらがジェゼトゥにのこるのか、それともいっしょにパガルに移動するのかもはっきりしなかった。

この衛星に存在する唯一の重要施設は通信ステーションだが、そこにも防御らしい防御はほとんどなかった。ハウリ人にすれば、だれかがそこを攻撃することなどほとんどありえないのだろう。たとえ攻撃されてもたいしたことにはならないという面もある。何者かに通信ステーションを破壊されたとしてもハウリ人が不愉快に感じるだけで、だれもが期待している大計画が危険にさらされるわけではない。通信ステーションは次の輸送船がいつ到着し、どの居住地に向かうかを知らせるだけの施設だから。すぐに次の目的地に向かう準備ができるという点で便利ではあるが、絶対に必要な情報ではない。なぜなら、第一、居住地の住民は移動のさいに大量の荷物を荷づくりして運ぶわけではないし、第二、到着した船になにか疑念があれば、住民はすぐさま着陸場のべつの宇宙船に飛び乗ってスタートできるから。

サラアム・シインとカルタン人たちにはジェゼトゥの施設が無意味なものに思え、それがかれらを不安にさせた。ハウリ人について信頼できることがあるとしたら、目的に直接関係しないことがらには徹底的に無関心だという点だったから。この施設はまったく不合理な……ハウリ人らしくない……ものに思える。

ジェゼトゥにこんな暫定的な居住地が存在すること自体、オファラーと旅の仲間には不思議だった。

パガルは物質シーソーの操作員が配属まで待機できないほど敵対的な世界ではない。ここにいる種族を運んできた宇宙船がかれらを直接パガルに、あるいはべつの衛星に運んだとしても、手間はほとんど変わらないはず。逆にいえば、ジェゼトゥに着陸するのは完全にむだなのだ。目的意識の強いハウリ人がそのことに気づかないわけがなかった。衛星上の居住地と通信ステーションにも同じことがいえる。ヘクサメロンの信者およそ七万名が暮らす場所をジェゼトゥに用意するなら、パガルでも同じことができたはずだし、そのほうがずっと効率的だ。どのみち惑星にも居住地は必要で、しかもはるかに長期間使うことになるはずだから。ハウリ人の計画で、物質シーソーが一回かぎりの使い捨てとは考えられない。

居住地が衛星のジェゼトゥに置かれている説明として唯一考えられるのは、ハウリ人が物質シーソーの操作員を、必要になる直前までそばに置きたくないと思っているというものだろう。だが、はっきりした理由がわからないかぎり、この説明も充分とはいえない。

また、理由がわかったとしても、やはり解けない謎はのこる。パガルの衛星に置かれている居住地の数だ。

《ハーモニー》は着陸機動中に居住地をすべて記録していた。三十数カ所あって、どれも同じように建物が配置され、ひろさもほぼ同じだった。居住棟もすべて同型なので、収容できる住民の数はかんたんに推測できる。すべての居住地……あるいは収容所……で、都合七万人程度が収容できるはず。

たいした数とはいえないだろう。

各居住地には通信ステーションと、非常にひろい着陸場がある。居住地のいくつかはすでにからっぽだった。数隻の輸送船が連日ジェゼトゥを訪れ、居住地の住民を運び去っていく。この作業は系統的に実施されていて、《ハーモニー》が着陸したところは最後のひとつになるらしかった。

サラアム・シインとカルタン人は、なぜハウリ人がそんなやり方をするのかと頭を悩ませた。大型の居住地をひとつだけ設置するほうがかんたんに決まっているのに。時間も労力も技術も資材も、ずっと節約できたはずだ。通信ステーションと着陸場がひとつずつあればいいし……防衛線もひとつですむ。

ハウリ人が無計画な行動や無意味な浪費をするとは思えないので、こんなやり方をした理由を考えるのだが……どうしても説明がつかない。そのため、オファラーたちは不安を感じはじめた。いくら考えても謎が解けないので、裏に物質シーソーのからんだ悪魔的な計画があるのではないかと疑心暗鬼になり、その計画を見破れないことでさらに不安が大きくなる。かれらはその結果、意味があるのかどうかもわからない謎の解明にますますのめりこんでいった。

見方を変えれば、かれらがジェゼトゥでできることはそれくらいしかない。それもまた不安の種だった。

秘密施設がないなら破壊工作もできず……破壊工作をしかける意味のある施設を見つけたとしても、攻撃を敢行することはできない。自分たちが火薬庫のなかにいることはよくわかっていた。

いまのところ、かれらがほんとうにヘクサメロンの信者なのかどうか、確認しようという動きは見られない。だが、いずれは質問されるかもしれなかった……ジェゼトゥでなにか異常事態が生じ、敵の関与が疑われたりすればなおさらだ。これもまたハウリ人とその信者仲間たちを不意討ちできない理由のひとつだった。サラアム・シインの歌唱力とゲ・リアングのプシ能力があっても状況は変わらない。オファラーの定期的な歌唱で聴衆を感動させることはできるが、かれらは退屈していて批判的ではない……感動に飢えた者たちだ。なにかあれば一瞬で変化してしまう可能性があった。

そんな気の滅入《めい》る状況のなか、〝かれらの〟居住地が近々撤収するという報告が入った。予定は二衛星日後……テラの時間で三十六時間後だった。

＊

ゲ・リアングは自分をあざむくことができなかった。進退窮《きわ》まっていることはほかの者たち以上に自覚している。《ハーモニー》のジェゼトゥ着陸はアトランの計画にないことだった。ギャラクティカーはたぶんもう、かれらが着陸したことを知っているだろう。

ゲ・リアングはギャラクティカーを高く評価していた。もし必要なら、かれらは乗員ごと《ハーモニー》を救いだそうとすることもわかっていた。ただ、いまのところギャラクティカーの手は縛られているし、物質シーソーに対処するようになれば、こちらにまでは手がまわらないはず。

つまりサラアム・シインとカルタン人は、なんとか自分たちだけでジェゼトゥから脱出しなくてはならないということ。

現状、サラアム・シインは当てにできなかった。ゴタン・モル・ブラルクの要請で、まだ住民のいる居住地をめぐり、精神を高揚させる歌で住民を鼓舞しているから。

オファラーは当然、なんのためにヘクサメロンの信者を鼓舞するのか訊き出そうとした。だが、ゴタン・モル・ブラルクは質問を押しとどめ、支配者ヘプタメルの偉大さを讃える歌をうたえばそれでいいと主張した。結果は勝手についてくるから、と。

おろかなことに、ヘクサメロンの信者は条件づけされていた。ハウリ人だけでなく、ほかの種族の者たちもだ。

ゲ・リアングがいくら努力しても……居住地の者たちからはなにも読みとれなかった。支配者ヘプタメルの歌と日々の生活の無意味な些事《さじ》で頭がいっぱいなのだ。

ゲ・リアングはテレパシーで数名に心理的なあと押しを試みたが、やはり得るものはなかった。

ある対象者……一カルタン人……は、ゲ・リアングが知りたいと思っていることについて、たんになにも知らなかった。

精神的な障壁を突破することは可能だとわかったが、それはきわめて危険なやり方でもあった。ヘクサメロンの信者たちはそうした試みを察知し、報告するよう訓練されているから。手の出しようがない。結局、ゲ・リアングは最後の瞬間にかろうじて最悪の事態を回避することになった。

二日前、彼女はあることを心に誓った。次にためすとしたら、なにか役だつことを知っている者にする、と。

ゴタン・モル・ブラルクにはあえて近づかなかった。ハウリ人には影響をあたえられないとわかっている。サラアム・シインの協力がないと不可能だ。

だが、カルタン人相手ならなんとかなる。それならゴタン・モル・ブラルクの副官のアルンド・ケルがちょうどよかった。

ゲ・リアングはこのカルタン人を恐れていた。サラアム・シインの歌に反応しなかったのも気になる。パラ不感なのかもしれない。

だが、完全なパラ不感とも思えなかった。もしそうなら、ハウリ人のプシオン性の影響も受けないはずだから。影響を受けていない……とゲ・リアングが思う……カルタン人が、あれほど高い地位に就けるはずがない。

それとも、あるのか？　影響を受けるまでもなかったとしたら？　ほんとうに自分自身の意志で支配者へプタメルの信者になっているとしたら？

その場合、かれに牙《きば》を立てたとしても、向こうは気づかないはず。気づかなければ報告もできない。

ゲ・リアングは自分自身に、もう充分だといいきかせた。短時間だがハウリ人の気をそらしたのだ。それ以上のことは期待されていない。放り出して逃げてしまってかまわない……だれも彼女を責めることはできないだろう。

だが、逃げ出せるかどうかが問題だ。ハウリ人が《ハーモニー》をどうするつもりなのかわからない。パガルに同行させる可能性は低いだろうが、すんなり解放してくれる可能性はさらに低い。

なんとかして有用な情報を手に入れる必要があった。うまく脱出できたとしても、手ぶらでギャラクティカーのところにもどりたくはない。
結果がどうなろうとも、首席通信士の副官でためしてみるしかなかった。

7

ゲ・リアング＝プオは興奮と同時に恐怖をおぼえた。正直に認めるなら、あのカルタン人には魅力を感じている。だが、だれかの前でそのことを認めるくらいなら、頭を丸刈りにしたほうがましだ。そもそもアルンド・ケルはまちがった側にいる。かれは敵だ……そのことを忘れるわけにはいかない。

彼女はそんな思いを胸に《ハーモニー》をあとにした。

雷をともなう熱帯の嵐が居住地を襲った。雷鳴と電光はひっきりなしで、雨が滝のように打ちつける。この天気の唯一の利点はすこし気温が下がったことだった……ゲ・リアングにとってはありがたい。ただ、経験上、気温の低下が長くつづかないのもわかっている。そのあとにつづく蒸し暑さが恐ろしかった。

ゴタン・モル・ブラルクとその副官、そのほか居住地の重鎮たちは通信ステーションのべつ棟で起居していた。とくに立派ではないふつうのプレハブの居住棟で、グレイで飾り気がなく、住み心地がいいわけでもない。ハウリ人には特殊な技能や重要な仕事に、物質的に報いるという考えがないらしい。

　ゲ・リアングはグライダーを使ったが、それでもすこし雨に濡れてしまい、不快な気分になった。ハウリ人は彼女以上に雨がいやらしく、だれひとり屋外には出ていない。一居住棟の前に十数体のちいさな、脚の短い、壺形の生命体が、街路わきの浅い水たまりに群がっているのが見えた。奇妙な水浴びを見るからに楽しんでいる。戸口や窓ぎわに集まって稲光と雨脚を眺める別種の生命体の姿もあった。

　居住地での娯楽のすくなさを考えると、少々荒れぎみの嵐も見物する価値があるのだろう。

　ゲ・リアングは通信ステーションに向かい、ゴタン・モル・ブラルクと話がしたいと申し出た。この時間帯、ハウリ人には重要な仕事があり、プロジェクトの一員でもないカルタン人と話している時間などないことは充分に承知の上だ。

　計算は当たった。応対したのは首席通信士の副官だった。

　アルンド・ケルは照明も家具も簡素な小部屋で待っていた。ゲ・リアングに顔をしかめてみせる。ひどく不機嫌そうだが、彼女はひるまなかった。むしろ相手がべつのことに心を奪われているほうが、考えを読むには都合がいい。

「ゴタン・モル・ブラルクと話したかったんだけど、忙しいようね」

「わたしでも会えないくらいだ！」アルンド・ケルが腹立たしげにいう。

「そうなの？」ゲ・リアングは驚いたふりをした。「でも、副官なんでしょう？　特別な地位だと思ってたわ」

アルンド・ケルにはハウリ人のヒエラルキーと自分との関係を話す気などないらしい……が、ゲ・リアングはかれの思いのなかに怒りと羨望と失望を感じとった。それはヘクサメロンの信者のだれもが持つ、表層的で意味のない感情だ。ただ、それとはべつに、ごくかすかに、憎しみのシュプールのようなものも感じられた。

ゲ・リアングはその感情の源を認識し、自分でも驚いたことに、アルンド・ケルに突然の同情をおぼえた。

かれはハウリ人の大義に身も心も捧げている。食べるときも飲むときも、寝てもさめてもつねに目的に献身することだけを考え、ばかげた目的だとはまったく思っていない。ヘクサメロンの書の歌と支配者ヘプタメルの教えを信じるのは論理的思考の帰結ではなく、ほとんど官能的ともいえる感覚で、一足飛びにいたった境地だ。

アルンド・ケルはハウリ人が信じる教えに愛の代替物を見いだしていた。

だが、かれは嫉妬深く利己的なカルタン人だ。結局はかれの想像のなかにしか存在しないこの奇妙なつながりのなかで、望みを実現するのがきわめて困難だということには、当然、とっくに気づいている。

かれは傷心していた。

気がつくと、ゲ・リアングはじっとかれを見つめていた。咳ばらいして、ハウリ人用のシートに腰をおろす。見た目以上にかたく、すわり心地が悪かった。

「わたしには関係ないわ」と、無関心をよそおう。「ここにきたのは……」

「だいたい見当がつく」と、アルンド・ケル。

「ほんとう？」

彼女は驚いた顔をしてみせ、相手はなかば好意的な、なかばおもしろがるような表情になった。上位者が下位者に……双方がどんな種族であろうと……向けて見せるわけ知り顔だ。自分のすぐれた知性によって、せまい視野しかない相手の望みなどお見通しで、心はとっくに決まっている、といいたげな。

「われわれがまもなくパガルにうつるという話を聞いたんだろう。だからわれわれが旅の歌手とその仲間のきみをどうするつもりなのか、訊きにきたというわけだ」

「そのとおりよ！」彼女は尊敬の視線をよそおってかれを見あげた。

なんて賢いんでしょう！　彼女の視線はそういっている。アルンド・ケルは自分の責任と権威を意識して身をかたくした。

「ま、きみたちをパガルに連れていくことはできない。それは理解してもらいたい……向こうに行っても、なにも役にたてないから」

「歌手は歌で勇気と力をあたえることができるわ」ゲ・リアングが指摘する。「どちらも必要なものだと思うけど」

アルンド・ケルは憐れむような、いささか見下すような笑みに相当する表情を浮かべた。

「それはちがう！　だが、そう思うのは当然だろう。きみはわれわれがパガルでなにをするのか知らないから、なにが必要なのかもわからないということ」

「ああ！」ゲ・リアングがはっとしたようにいう。「たしかにそのとおりね」

アルンド・ケルの視線は、その事実にはとっくに気づいていたと告げていた。

「でも、あなたたちがいなくなったあと、わたしたちはどこに行けばいいの？」

「それはまだ決まっていないが、たぶんエペルムに行くことになるだろう。ウシャアル星系の第十五惑星で、ジェゼトゥやパガルよりも涼しい、快適な世界だ。きみたちも居心地よくすごせるはず」

「どうかしらね」ゲ・リアングは曖昧につぶやいた。もちろん、彼女も仲間たちも、エペルムに飛ぶつもりは毛頭ない……たとえそこの気温がどれほどすごしやすくても。

問うような視線をアルンド・ケルに向ける。相手はじっと待っていた。

「エペルムではなにをすることになるの？」と、ゲ・リアング。

「それは着いてから決めることになる」答えはそっけないものだった。「目的を決めて計画的に、歌手を訓練することになるだろう」

サラアム・シインを訓練する？

ゲ・リアングは思わず噴き出しそうになった。

オファラーはカルタン人たちにすこしずつ出自を明かし、受けてきた訓練のことを話して、いくつかかんたんな……かれらにはむずかしかったが……技術指導も試みていた。ハウリ人やその補助種族がサラアム・シインに音楽を教えることなど、できるわけがない。

「ただ、歌手をすぐに特定の目的に使う可能性もある」アルンド・ケルが先をつづけた。「かれは注目されているから。非常に特異な才能があるように思える……わたし自身はその才能がどんなもので、どれほどの価値があるのか判断できないが」

まただ……憎しみのシュプール。

あの感情はどこからきているのか？　嫉妬深く自己中心的なカルタン人が、オファラーの歌手に追いこされるのを恐れている？

いや、それは確実にちがう。

アルンド・ケルはほかの者たちといっしょにパガルに行くのだから、サラアム・シインを恐れる必要はないはず。

「ところで、歌手の名前はなんというんだ？　種族名は？」アルンド・ケルがたずねた。

ゲ・リアングはこの質問を無視した。オファラーの外観と能力は特徴的なので、種族名を聞かなくてもわかってしまう……あの音楽家種族を知らないならべつだが、不必要に運命に挑むつもりはなかった。

「あなた自身はその才能がどんなもので、どれほどの価値があるのか判断できないといったわね。つまりかれの音楽が……とどいていないということ？」

アルンド・ケルが彼女を見つめる。こんどははっきりと、かれが心の痛みを感じているのがわかった。

「ちがう！」荒々しい、怒ったような口調だった。

「でも、ハウリ人もかれの歌に魅了されているわ！」

「わかっている」

「ゴタン・モル・ブラルクも……」

ゲ・リアングは黙りこんだ。アルンド・ケルが突然、右手で文書フォリオをくしゃくしゃにまるめ、せまくて殺風景《さつぷうけい》なオフィスのすみに投げつけたのだ。

「かれの反応は見た！」と、怒ったように叫ぶ。首席通信士の副官にまで昇りつめた敬《けい》虔《けん》なヘクサメロンの信者にしては、その態度は驚くほど粗暴だった。

自分でもそのことに驚いたようだ。一瞬、ぴたりと動きをとめたかと思うと、懸命に自制する。

「かれの歌がハウリ人を高揚させるのはわかっている」しばらくしてようやく、おちついた口調でいう。「ハウリ人だけではない。最初は半信半疑だった。だが、あの歌手が聴衆に影響をあたえられるとわかり、危険だと思った」

ゲ・リアングはその言葉を心にとどめた。そうではないかと思っていたのだ。

「かれはただの歌手で、それ以上のものじゃないわ」と、軽い口調でいう。「はじめて会ったときはわたしも同じことを感じた。当時はほんとうに恐ろしく感じたこともあったわ。でもそのうち、かれの歌に力があるのは、その内容を心の底から信じているからだとわかった。歌に心がこもっているから、聴衆にもそれが伝わるの。これがかれの歌の秘密よ」

「きみのような者が論理的に話すのを聞くのは驚きだ」と、アルンド・ケル。「歌手はきみを心底信頼しているように見える。なにか特別な理由があるのだろうか？」

ゲ・リアングはほんのすこしだけ鉤爪をのばし、ヘクサメロンの高慢な信者を見つめて、かれに腹を立てても無意味だと自分にいいきかせた。かれらはまったくちがう世界に生きていて、自分の言葉がどれほど相手の感情を害するか、理解できないのだから。

ゲ・リアングは寛大なカルタン人で、女性であることを鼻にかけたりはしなかったが、自分がそうした感情から完全に自由ではないことも理解していた……いまここでその感情を表に出すわけにはいかないことも。

「歌手はわたしだけじゃなく、仲間の全員を信頼してるわ。目的は同じだと知っているから」

その目的がなんなのかは口にしない。

アルンド・ケルは当然、ヘクサメロンと支配者ヘプタメルへの信仰だと思った……はず。

「その目的がわれわれ全員を結びつけている」かれのつぶやきは呪文のようだった。「われわれ全員、同じ信仰の信徒だ。感動するには信仰があればたりる。真の信者にとって、外部からもたらされる感動ははかないものにすぎない」

〈でも、それが気にいってるんでしょ〉ゲ・リアングはそう思い、自分が真実に迫っていると感じた。

アルンド・ケルは自身の信念からハウリ人の信仰に転向したはず。彼女はそう確信していた。かれに影響をあたえることはできない。心の底からヘクサメロンの信者になっていて、数日前まではかれもそれで満足していた。

いまはそうではない。

冷静なハウリ人さえ、オファラーの歌の影響で多幸状態になるのを知ってしまったから。自分がそんな感覚にならないことに苦しんでいる。裏切られ、否定され、理不尽に罰せられたと感じているのだ。そして愛する相手に拒否され、失望した者の典型的な感情をいだいている。羨望と嫉妬と……憎悪だ。

かれはこの感情をだれに、あるいは、なんに向ければいいのかわからずにいる。本来ならサラアム・シインが標的だろうが、歌のせいでかれには手が出せない。ヘクサメロンと支配者ヘプタメルをあれほど讃美できる者を憎む権利は、自分にはないと信じているから。サラアム・シインがハウリ人に認められ、受け入れられたことで、事態はさらに悪化した……すくなくともアルンド・ケルはそう思っている。かれはオファラーの歌の真の効果を感じとれず、そのせいで歌を正しく判断できないから。

アルンド・ケルは苦しい立場におちいっていた。ハウリ人ではなくカルタン人なので、かんたんに願望や欲求を消し去ることができない。感情を押し殺すことはできても、そこから逃れることができないのだ。むしろ感情はいっそうはげしく心のなかで荒れ狂うことになる。はけ口が必要だった。

仕事があればはけ口になったかもしれないが、ジェゼトゥではほとんどすることがない。

かれはサラアム・シインを憎めないし、もちろんハウリ人も憎めなかった。ヘクサメロンやヘプタメルの支配者はいうまでもない。ほかの者たちが高揚感を楽しんでいるのに自分だけが拒否されているという事実を、だれのせいにもできないのだ。

かれは思いがけず部外者になり、傷つき、侮辱された。ほかの者たち全員が褒美をもらうなか、かれだけが手ぶらで放り出された。

　せめてゴタン・モル・ブラルクがサラアム・シインの歌を楽しんでいなければ、かれもすこしは救われていただろう。首席通信士はジェゼトゥの最高権力者で、副官のアルンド・ケルにはかれに次ぐ権力がある。どちらも歌を楽しめなかったら、部下の士気を維持するための、ちょっとした娯楽を大目に見る寛大な上官という逃げ道があったはず。アルンド・ケルがゴタン・モル・ブラルクの上官だったら、よろこびが得られないことを地位にともなう代償として受け入れられたかもしれない。

　だが、アルンド・ケルはゴタン・モル・ブラルクの部下であり、ハウリ人はその事実をかくそうともしていない。それどころか、副官に声さえかけない時期もあったのだ。ゴタン・モル・ブラルクもふくめた全員がお菓子をもらい、アルンド・ケルは忘れ去られて、すねている。篤《あつ》い信仰があるから報酬はいらない、なくても平気だと自分にいいきかせても、役にはたたなかった。信仰が篤いのはゴタン・モル・ブラルクも同じなのに、かれは楽しんでいるのだから。

　この憎悪をだれに向ければいい？　自分自身に？　なんのまちがいもおかしていない、敬虔な信者のアルンド・ケルに？

　そんなことはできなかった。

　自分自身を憎むことができないため、かれはむしろ……信仰を疑いはじめた！

　ゲ・リアングは鉤爪を引っこめた。急に冷静になっていた。

「気の毒に」そういいながら、これが自分の本心だと感じる。

そう、本心から気の毒だと感じたのだ。かれは生命体がおちいる可能性があるなかで最悪の危機のひとつにおちいっていた。信仰と信念を失い、自身がこれまで生きてきた意味そのものさえ失おうとしている。その信仰の善悪は関係ない。かれにとっては唯一の信仰なのだから。

もちろん、アルンド・ケルがパガルに到着して仕事に打ちこめば、すべてが解決する可能性は高い。だが、それでも疑念がのこりつづけ、やがてそちらが優勢になる可能性もあった。そうなれば、かれはおしまいだ。ハウリ人は信頼できないとわかった者をすぐに処分するから。かれらは狂信者だ。異なる信仰に対する寛容さなどというものは知らない。わずかなためらいさえ見せず、かれを処刑するだろう。

かれを救えるだろうか？　救ってもいいのだろうか？

いいえ、と彼女は自分にいいきかせた。

これは戦争なのだ……大規模な宇宙戦も、宣戦布告もないしずかな戦争だが、無数の命がかかっている。アルンド・ケルは敵側だ。かれはタルカン宇宙の消滅を早めようとする者たちの仲間で、べつの宇宙であるメエコラーの無数の住民を道連れにするのもためらわない。仮借ない戦いであり、感傷が入りこむ隙間はなかった。

とはいえ……

アルンド・ケルの信念は揺らいでいた。自身はまだ気づいていないだろうが、ゲ・リアングにはそれが感じられた。

かれがこの方向にあと一、二歩ちいさく踏み出せば、もはや敵ではなく、目に見えない前線の向こう側にいる味方になるはず。

かれが味方なら、あらゆる手をつくして救う価値がある。

「助けになれると思うわ」ゲ・リアングはゆっくりとそういった。

アルンド・ケルが驚いた顔で彼女を見つめる。

「助けに……どうやって？」

「サラアム・シインの歌を理解するのよ」そう答えたとたん、彼女は自分がオファラーの名前を明かしてしまったことに気づいた。

8

アルンド・ケルの顔は一見の価値があった……かれはその瞬間、なにを考え、信じ、いえばいいのかわからなかった。体毛は逆立ち、目はきらめき、口は半開きだが声は出てこない。

しばらくして、ようやくわれに返る。

「できるのか？」

「ええ」と、ゲ・リアング＝プオ。

「なぜそんなことを？」

それは説明できないし、するわけにもいかなかった。第一、アルドゥスタアル銀河のカルタン人がプシ能力を持っていることは知られているので、アルンド・ケルも耳にしているかもしれない。第二、かれが疑念をいだくかもしれない。まだ転向したわけではないのだ。いつゲ・リアングを裏切るかわからない。

「サラアム・シインとは長いつきあいなの」彼女はおずおずと話しだした。「わたしも最初はかれの音楽がよくわからないことがあった。ちょっとしたコツがあって……」

「そういう意味ではない」

「じゃあ、どういう意味？」

「どうしてわたしのために、そこまでしようとするのかを知りたい。きみはわたしのことががまんならなかったはず！」

　ゲ・リアングはわずかにためらった。

「あなたが気にしているのがわかるから。まわりのだれもが歌に反応するのに、どうして自分はしないのだろうと考えている。できればかれらと同じように理解したい……そうなんでしょう？」

「そうだ」アルンド・ケルはそういって、一瞬、放心したような表情になった。「そうだと思う」

「やっぱり！　それがわかれば、もっと重要なことに集中できるようになる……それは完成の計画にとってもいいことでしょう？」

「そのとおりだ」

「じゃあ、行きましょう」ゲ・リアングは立ちあがった。

　アルンド・ケルはすわったままだ。

「どこに？」と、怪訝《けげん》そうにたずねる。

「《ハーモニー》よ」

「歌手の船の？　そこでなにをするんだ？」

「サラアム・シインの歌を理解する手助けをするわ……ただ、それにはあなたが歌を聞かなくちゃならない」

「歌手は巡業中だ」

「わかってる」ゲ・リアングがおもしろがるようにいう。「でも、だいじょうぶ。歌は記録してあるから」

「気軽にここをはなれるわけにはいかない」と、アルンド・ケル。「ゴタン・モル・ブラルクに呼ばれるかもしれないから。勤務中にこの建物をはなれることは禁じられている」

「禁じられている……首席通信士の副官なのに？」

　アルンド・ケルはとまどったようなしぐさを見せた。

「ま……もちろん、ある程度の自由は……」

「ゴタン・モル・ブラルクも同じでしょう」ゲ・リアングの頭に突然閃《ひらめ》いたことがあった。

　ここ数日、首席通信士と二時間ほど連絡がつかないことが何度かあった。サラアム・シインが適度な装飾を入れて〝六日間の歌〟をうたうと、二時間ほどかかる。装飾も当然、純粋に音楽的なものだ。歌詞にはいっさい手をくわえていない。

「行くわよ！」彼女はアルンド・ケルの手をとって、ごく弱く超能力で背中を押した。相手が気づいたかどうかもわからない。強い力を使うと疑いを持たれ、警報を鳴らされる危険があった。ヘクサメロンの信者はそうした影響を感知する訓練を受けているから。

最初は反応がないかと思ったが、やがてかれはためらいがちにゆっくりと立ちあがった。明らかに良心の呵責《かしやく》を感じている。

「いま、ゴタン・モル・ブラルクはどこにいるの？」ゲ・リアングがたずねた。

「この棟にいる。どうしてそんなことを？」

「案内して！」

「無理だ」

「なにをばかな！　かれがいる部屋にわたしを案内することまで禁じられてはいないはず。なかに入る必要はないの。姿を見せるわけでも、声を聞かせるわけでもない」

アルンド・ケルはまだためらっていたが、ゲ・リアングの影響力がようやく効いていたようだった。

「わかった」と、つぶやく。

彼女は通信ステーション内を歩いていった。見るものはたいしてない。どこも味気ないグレイ一色で、ハウリ人の精神状態が不安になるくらいだ。アルンド・ケルはくすんだグレイのドアの前で足をとめた。

「それで？」と、とまどってたずねる。

ゲ・リアングはすぐには答えなかった。ドアの前に立ったときはしずかだったが、すぐに急速に高まる歌声が聞こえてくる。サラアム・シインが四の日の歌をうたいはじめていた。

アルンド・ケルをじっと観察する。かれは両手を握りしめ、歯を食いしばっていた。上官が部屋にこもっているのがサラアム・シインの歌を聞くためだと知って、苦々しく思っているようだ。

「あなたが許可なくステーションをはなれたと知っても、責める権利はなさそうね」ゲ・リアングがおちついていう。サラアム・シインの歌声は力強く響きつづけていた。

アルンド・ケルは咆哮《ほうこう》のような音を立てて息を吐き出し、踵《きびす》を返して出口に向かった。ゲ・リアングは満足そうにそのあとにしたがった。

雨はすでにやみ、嵐は北に去っていた。ジェゼトゥの一日は短い。すでに夕刻で、すこし涼しくなったものの、南からは早くもまた暖かい風が吹きつけはじめていた。

グライダーで着陸場に向かうあいだ、アルンド・ケルは黙りこくっていた。ゲ・リアングにためらいなく操縦をまかせ、黙ってその横にすわっている。不安なのだろう。いまこの瞬間、職務に反する行動をしているから。

その日、カルタン人女性たちは船内にいて、カルタン人男性がいないあいだに数時間の睡眠をとっていた。カム・ペラとかれの部下たちは最近いつもそうしているように、居住地を訪問している。かなり強固な関係も築いていた。ヘクサメロンの信者のなかにも社交的な者はいて、その多くが慢性的な退屈に悩んでいたのだ。とはいえ、状況はなにも変わっておらず、慎重な行動が必要なのは相《あ》いかわらずだった。迂《う》闊《かつ》なことは口にできない。

ヘクサメロンの信者と話はできても……友情が築けるわけではなかった。相手はハウリ人の影響を受けた狂信者なのだ。

せまい司令室で計器盤を見つめていたサル・エダ＝ヘイは、ゲ・リアングがアルンド・ケルといっしょに入ってくるのを見てたじろいだ。ゲ・リアングが彼女にちいさく合図を送る。サル・エダは安心こそしなかったものの、とりあえずなにも訊かず、そのましずかにすわっていた。

ゲ・リアングはアルンド・ケルを《ハーモニー》のボウル形上部構造に案内し、かれがおちつくのを待った。そのあとサラアム・シインの〝オルガン〟に記録された〝六日間の歌〟を再生する。

サラアム・シインが一部の装置を持ち出していたため、〝オルガン〟は完全な状態ではなかったが、それでも響きは強烈で、アルンド・ケルは強い印象を受けた。ゲ・リアングはかれが音楽に慣れてリラックスするのを待ち、自身の影響力を徐々に強めていった。ふたつの力が混じり合う。アルンド・ケルは目を閉じた。

「いまよ！」と、声には出さずに自分を鼓舞する。「うまくいくといいけど！」

六の日は終わりのはじまりだが、そこにはまだ生命が満ちている。サラアム・シインの音楽はそのことをはっきりと印象づけていた……それこそ彼女が必要としているものだ。

彼女はカルタン人であり、同族ならだれでもそうだが、無意味な思索にのめりこむたちではなかった。ただたんに、生きることの楽しさを感じ、それを首席通信士の副官に伝えようとしただけだ。

反応は驚くほどよく、ヘクサメロンの滅亡哲学から脱しつつあるのではないかという思いが強くなった。転向させるために意志を操作する必要はなく、本来の考えをあと押ししてやるだけでいい。

かれは基本的に、生きることを愛するごくふつうのカルタン人だった。死を過剰に恐れてはいないが、必要以上に早く死にたいと思っているわけでもない。

彼女はその事実を意識させるだけでよかった。あとはかれのなかで勝手に進んでいくから。

〝種族は死に絶え、星々は消え去る〟それが支配者ヘプタメルの不吉な教えだ。宇宙全体の熱死。無数の種族の滅亡。そのすべての者たちが、アルンド・ケルと同じように、生きることを愛している。

かれの精神は歌とゲ・リアングの影響力がもたらした恐ろしいイメージに震えあがった。一生命体の理性には耐えられないほどの恐怖なのだ。もっとも恐ろしいかたちの死であり、そこにはなんのなぐさめもない。六の日の終わりにはもはや生命は存在せず、あらたな生命が生み出されることもなく、この宇宙の生命は永遠に失われてしまうから。

ゲ・リアングはそう感じ、アルンド・ケルも同じだろうと思った。かれらは恐怖に震えながらならんですわっていた。

歌はもう終わっていたが、どちらもしばらく身動きできない。アルンド・ケルが立ちあがるのを彼女が感じたのは、ずいぶんたってからのことだった。

「なんと恐ろしい！　あってはならないことだ！」と、アルンド・ケルがつぶやく。

ゲ・リアングは無言で待ちつづけた。

「だが、避けられない」しばらくして、かれがふたたび口を開いた。「だれにもとめることはできない」

「ええ、でも、逃れることはできる」

「どうやって？　どこに？」と、アルンド・ケル。

「べつの宇宙に」

かれは前方を見つめていた。

「そうだな」と、ややあってつぶやく。「メエコラー宇宙に。だが、そこもいずれは終末を迎える」

「それまでには長い時間があるわ。数千年をすごしても、終末はまだはるか先よ」

「その考え方は冒瀆《ぼうとく》だ！」

「だれに対する冒瀆？　ヘクサメロンと支配者ヘプタメル？　ひとつ教えて。あなたにとって、かれらはなんなの？　あなたとかれらは関係も共通点もなく、あなたが死んでも、かれらは気にもかけない。死んだことに気づきさえしないわ」

「そうかもしれない」かれは考えこんだ。

サラアム・シインの〝オルガン〟に……いまそこにある部分に……目を向ける。かれは不思議そうに指をひろげ、鉤爪をのばした。

「ひとつ気になることがある」と、ゆっくりと話しだす。「きみはわたしがあの異生命体の歌をもっとよく理解することを望んだはずだが、わたしが見聞きしたものは、ほかの者たちが感じたことと同じではないはず。かれらは恐怖ではなく……歓喜を感じていた。これはどういうことだ？」

ゲ・リアングは真実を告げるべきかどうか悩んだ。かれの反応は自発的な、心からのものだ。嘘をいっているのではない。とはいえ、かれがサラアム・シインの〝六日間の歌〟から感じたものは彼女の影響があってこそだ。それでもかれは以前から信仰に疑問をいだいていて、いずれはヘクサメロンの教えから脱却していただろう。

いまのうちにほんとうのことを告げたほうがいいのではないか？

逃げ道があって、救われるとわかれば……かれの決断を早めることができるのではないか？

だが、それでも彼女はためらいをおぼえた。すべてがあまりにも早く、うまく進みすぎている。

「ヘクサメロンの教えを信じている？」と、彼女はたずねた。

「ああ」その返事は反射的なものだった。

次の瞬間、内心でうろたえているのがわかる。

かれは背を向け、ゲ・リアングは時間をあたえた。

「わからない」と、ちいさな声が聞こえた。「ずっとこの信念でやってきたんだ。かんたんに捨て去ることはできない。だが、そんな必要はないのかもしれない。きみ自身、終末は避けられないと認めているのだから。終末はやってくる……だれにもとめることはできない。だったら、できるだけ早く実現するようにしたほうがいいのではないか？」

かれは懸命に自分自身と争っているようだった。

「いや」と、ひとりごとのようにつぶやく。「終末を早める権利はだれにもない。なにが起きるのか知らない生命体は無数にいて、それが二十の地にひろまるには長い時間が必要だ。数世代はかかるだろう。多くの者たちは最後まで命がけで戦い、事態が好転するのを願いつづけるはず。その希望を奪うのは正しいことではない」

「パガルでなにをしているか、知っているのね？」ゲ・リアングがたずねた。

「ああ、もちろん知っている」小声で返事があった。「不信心者たちは一銀河を丸ごとメエコラーに転移させようとしている。われわれは等量の物質塊をこちら側に転移させ、損失を補填しようとしている。これがうまくいけばさらに多くの物質塊を転移させ、六の日の到来を早めることができる」

かれの説明が淡々としているので、ゲ・リアングは思わず身震いした。そこにいる無数の生命体の恐怖を、かれがまるで理解していないように思えたのだ。

あるいは、ほんとうに理解していないのかもしれない。

「メエコラーがどんなところか、聞かされていないの？」

「もちろんだ！　まだ若い、全面的に未開拓の宇宙だ」

「たしかに若い宇宙だけど、未開拓というわけじゃないわ。あなたのいう物質塊には恒星や惑星がふくまれていて、惑星の多くには生命体がいるの」

「原始的な生命体がね」かれは懐疑的な笑みを浮かべた。

「進化の初期段階にある生命体を原始的と呼んでいいかどうかは知らないけど」ゲ・リアングはやや憤然となった。「いま、それはどうでもいいわ。そういう単純な生命形態のことをいってるんじゃなくて、知性体の、宇宙航行文明の話よ」

「メエコラーに？」アルンド・ケルが信じられないというようにたずねる。

「ハウリ人はなにもいってないの？　もう向こうに行って、そういう種族と出会ってるわ。メエコラーからやってくるかもしれない、あるいは、もうやってきてる敵について、警告はなかった？」

「ただの噂だ！　昔からいわれていた。たしかに、ハウリ人のなかにもおろか者はいて、そんな怪談に騙《だま》され、あるいは自分で話をでっちあげて、拡散する者さえいる」

「ザプルシュ星系からの警告は？」

「きみたちも聞いたのか！　あれは異人とはなんの関係もない。ここにも敵はたくさんいるんだ……ハウリ人にあらたな敵は必要ない」

「でも、あれは異人で、物質シーソーを攻撃しようとしているわ！」

アルンド・ケルはゲ・リアングを見つめ、サラアム・シインの〝オルガン〟に目をうつし、ゆっくりと指をひろげた。

「わかった。きみを信じよう。いまわかった。きみたちは……きみと、旅の歌手と、この船のほかのカルタン人たちは、頭がおかしい。そうでなければ、わたしにこんな話をするはずがない。きみたちはヘクサメロンの信者ではないんだな」

「もちろんよ。メエコラーではヘクサメロンなんて聞いたこともないから」

「メエコラーの出身だというのか？」

アルンド・ケルは自分の言葉に笑い声をあげた。

「どうして信じられないの？」かれが真顔にもどると、ゲ・リアングがたずねた。

「きみがカルタン人だからだ。メエコラーにもカルタン人がいるといいたいのか？　だったら、ハウリ人もいるんだろうな？」

「ええ、すこし前から」ゲ・リアングが真剣に答える。「そこらじゅうで悪さをしているわ。ただし、かれらはタルカンからきている」

その言葉を聞いて、相手は顔をしかめた。ヘクサメロンの信者のあいだでは禁句なのだ。宇宙の死という荘厳な出来ごとを、収縮という貧相なプロセスと結びつけたくないから……タルカンとは〝縮みゆくもの〟という意味だ。

「一方、わたしたちカルタン人はずっと前からいる……メエコラーに。ただ、向こうで進化したわけではなくて、はるか昔に派遣された探検隊の末裔《まつえい》なの。ナックもそのときメエコラーに派遣されて、いまも生きのこっているわ」

アルンド・ケルはもう笑おうとしなかった。

「では、旅の歌手もメエコラーからきたにちがいないな」

「ええ」

「そのほうが筋が通る」かれはゆっくりした口調になった。「わたしはハンガイ銀河の宇宙航行種族についてくわしく知っているが、あの歌手のような者は聞いたことがなかった」

「当然ね！　かれはシオム・ソム銀河出身だから。この銀河の名前も聞いたことがないはず」

　アルンド・ケルは硬直していた。

「シオム・ソム銀河か」と、しばらくしてようやくつぶやく。「きみがその名前を知っているとは。それは物質シーソーの多くの標的のひとつにつけられた架空の名前だ。きみが物質シーソーのことを知っているはずがないのに……だが、ザプルシュ星系で聞いたのかもしれない。シオム・ソム……わたしの記憶に刻みこまれている名前だが、たぶんきみはわれわれのデータ記憶装置で知ったんだろう」

「わたしがどこで、どうやってその記憶装置に触れられると思うの？」ゲ・リアングが淡々とたずねる。

　アルンド・ケルは彼女を見て、憂いに満ちた表情を浮かべた。

「そのとおりだ。記憶装置にアクセスできる者はわずかしかいない」

　考えこむように彼女を見つめる。

「シオム・ソム銀河はメエコラーに存在するのか？」

「ええ」

「カルタン人はそこに住んでいる？」

ゲ・リアングは微笑した。

「いいえ。わたしたちがいるのはべつの銀河で、シオム・ソムとは遠くはなれているわ」

「きみたちの銀河の名前は？」

「アルドゥスタアル。知っているはずね。アルドゥスタアル銀河も物質シーソーの標的のひとつだから」

「ああ、知っている」

かれはじっと前方を見つめ、ゲ・リアングは待ちつづけた。ずいぶん時間がたったと思えるころ、かれは大きく息をつき、身をかたくした。

「どうやってメエコラーに転移する？」

ゲ・リアングは興奮とともに歓喜がこみあげるのを感じた。

「遅かれ早かれ、ハンガイ銀河全体が向こうに転移するはず。ハウリ人が妨害しなければね。ほかにも、宇宙の境界を通過できる宇宙船があるわ」

これがごく簡略化した説明で、問題の宇宙船がカルタン人のものでないことは、いわなくてもいいだろうと思った。時間はあとでいくらでもある。

「きみのようなカルタン人が住む、若い宇宙の異銀河か」アルンド・ケルが微笑してつぶやいた。「ハウリ人の言葉よりも魅力的なのは認めざるをえない。だが、物質シーソーがハウリ人の思惑どおり作動したら、カルタン人が住むメエコラーの銀河はいずれ存在しなくなる。そうだな？」

「そのとおりよ！」

「それはいいことではないが、もしも物質シーソーが作動しなければ……」

「……アルドゥスタアルはあるべきポジションに存続するわ」ゲ・リアングは心臓がはげしく鼓動するのを感じた。

「だが、この小型船では物質シーソーに対してなにもできない。あの歌手さえ無力だろう」

「船ならあるわ」ゲ・リアングがしずかな威厳を見せていう。「効果的な武器も。攻撃すべき場所さえ教えてもらえればいい」

「図面と情報が必要ということか。あとでとどけよう。そのあと、わたしはパガルできみを待つことにする」

「だめよ」ゲ・リアングがあわてていう。「わたしたちといっしょにいたほうがいい。パガルは危険だわ」

アルンド・ケルが彼女に手をのばし、両者はしばらく見つめ合った。

「わたしもできることならのこりたい。だが、物質シーソーをどんなものだと想像しているのか知らないが……あれはおもちゃではない。わたしが内部から破壊を試みる。単独ではチャンスはなかっただろうが、外部からの協力があれば、うまくいくかもしれない」

「だったら、わたしもいっしょに行くわ」

「無理だ。ハウリ人が認めない」

「忍びこめばいい。カルタン人なのよ？」

「きみほどのカルタン人にははじめて会ったし、きみならチャンスはあるだろう。だが、失敗する可能性もある。きみはわたしほどにはハウリ人を知らない。どれほど遅くとも、パガルで捕まってしまうだろう。そうなればわたしとの関係も……」

「口を割ったりしないわ！」

「そう考えた者は多いが、ハウリ人なら口を割らせることができる。わたしを信じろ。どちらも殺されてしまうだろう」

「すくなくとも、いっしょに死ねるわ」

「われわれが死ねばアルドゥスタアルもおしまいだ。それほどの意味があるのか？　よく考えろ、ゲ・リアング！」

彼女は頭を垂れた。

「こんなの不公平よ！」と、つぶやく。

アルンド・ケルは黙ったままだ。

別れを告げている時間はなかった。サラアム・シインの〝コンサート〟はとっくに終わっている。アルンド・ケルは居住地にもどらなくてはならなかった。

かれがグライダーで去ったあと、ゲ・リアングは開いたままのエアロック内に立ち、しばらく機影を見送っていた。

そこにサラアム・シインがもどってきた。ハウリ人も数名、無言でオファラーの歌手の機材を運んでいる。かれらは機材をエアロックに運びこみ、無言のまま闇のなかに消えていった。

サラアム・シインがまじまじとゲ・リアングを見つめる。

「なにかあったのか？」

彼女は首をめぐらせてかれを見た。オファラーはテレスコープ状の頸をのばして彼女の顔を見ている……いつものように。かれが疲れきっているのがわかり、そんな状態でも彼女を気づかってくれることに、罪の意識と感動をおぼえた。

「ええ」と、しずかに答える。「内通者を確保できたわ。あすには物質シーソーの正確な図面が手に入るはず」

「それにしては悲しそうだ！」と、サラアム・シイン。

「そうね」ゲ・リアングは簡潔に答え、船内にもどっていった。

9

居住地にはいよいよスタートという雰囲気がみなぎっていた。ヘクサメロンの信者はほとんど財産を所有せず、私物といっても両手で充分持てるくらいのものだが、すっかり退屈していたため、ヒステリックに感じるほどの熱意でだれもが準備に邁進《まいしん》していた。荷づくりはやりすぎで、必要があろうとなかろうと、あたりにあるものを手当たりしだいに詰めこんでいる。パガルに持ちこまないものは大型の物置に収用された。

こうして発生した混乱はゲ・リアング＝プオとアルンド・ケルにとって好都合だった。熱狂は明らかにゴタン・モル・ブラルクにも影響していた。まだ撤退が終わっていないべつの一居住地で起きた、ふだんならとるにたりない混乱をしずめるため、かれはその居住地に飛んでいき、ほぼ丸一日をすごすことになったのだ。

「これはチャンスだ」アルンド・ケルがゲ・リアングにいった。「これ以上の機会はもうないだろう」

疑念を招くことはまずないと思えたが、それでもかれらは頻繁には会わないようにし、できるかぎりの注意をはらった。居住地で〝たまたま〟出会ってアルンド・ケルのオフィスで話をすると、ゲ・リアングは《ハーモニー》やその乗員への指示がとどいているかをたずねたり、移動作業のじゃまにならないよう、オファラー船を着陸場の反対側にうつしたほうがいいのではないかと短く相談したりした。《ハーモニー》が移動したことで、ゲ・リアングは居住地に向かうのにグライダーを使うことになり、アルンド・ケルはさまざまな理由をつけて、彼女を迎えにいったり送っていったりするようになった。

かれもこの間はとても忙しく、すくなくともそう見せておく必要があった。ほとんどつねにグライダーで飛びまわり、あちらで揉《も》めごとを解決したり、こちらで意見を調整したりしている。ゲ・リアングともそんな機会に話をし、彼女を降ろすとすぐに次の場所に向かった。

ゲ・リアングはいつもしぶしぶかれを見送った。心配だったのだ。かれが有能で用心深いのはわかっているが、それでも不安は拭えない。最近の彼女はつねに熱に浮かされているかのようだった。

ほかの者たちもそんなようすに気づいていたが、ばかなことをいわないように気をつけていた。サラアム・シインをふくめて、だれもが物質シーソーの図面を無事に入手できるかどうかに熱い視線を注《そそ》いでいた。

首席通信士の副官がいよいよ図面を盗みにかかると、ゲ・リアングはほとんど息さえできなくなった。《ハーモニー》の開いたエアロック内にしゃがみこみ、居住地のほうを見つめて、耳とテレパシーの両方をそばだてる。

ほかの者たちは警戒態勢だ。《ハーモニー》はいつでもスタートできる。

もちろん、警報が鳴らないことをだれもが願っていた。この状況で無事にジェゼトゥから脱出できるチャンスがちいさいことはわかっている。ハウリ人の火力は接近時に体験していて……あれをくり返したいと思う者はいなかった。サラアム・シインが歌で前回と同じことを達成できるとはかぎらない。

ゲ・リアングはテレパシーでずっとアルンド・ケルを監視していたが、それはかれを信用していないからではなく……そんな段階はとっくに終わっている……かれを守るためだった。監視の目もアルンド・ケルにというより、その周囲に向けられている。

通信ステーションで作業している者たち……ほんの十数名だが……の意識は、すでにパガルに向いていた。向こうでなにをするのか、どんな生活が待っているのかといった具体的なことを考えているのではなく、ただ変化と、退屈な日々の終わりを待ち望んでいるだけだが。

かれらは気もそぞろで、注意散漫だった。なかばうわの空で、ゲ・リアングのテレパシー・インパルスの影響を受けやすくなっている。

アルンド・ケルはおちつきはらっていて、おかげでゲ・リアングも冷静になれた。かれはまるで生涯ずっとハウリ人の秘密を盗みつづけてきた盗賊のようだった。

　すべてが終わってかれが撤退すると、ゲ・リアングは思わず安堵の息をついた。もちろん、安心するのはまだ早い。今後もいつ問題が生じるかわからないから。それでもとにかく、アルンド・ケルに直接の危機は迫っていなかった。

　彼女はほかの者たちに報告したあと、グライダーで備蓄倉庫に向かった。前日もそこを訪れ、担当のハウリ人に《ハーモニー》の乗員用の新鮮な肉をたのんでいたのだ。ハウリ人は渋い顔をした。かれらは食事にうるさく、異種族の食性のちがいにほとんど理解をしめさない。それでもジェゼトゥにはカルタン人もいて、かれらは肉がないと生きられないので、それなりの備蓄はされていた。ハウリ人は何度か倉庫のなかと外を往復し、ゲ・リアングに十二個のちいさなつつみを手わたした。

　彼女は翌日もまたくると告げ、ハウリ人はメモをとった。

　ゲ・リアングが倉庫を訪れると、すぐに肉のつつみが手わたされた。そのときハウリ人に指示を出すため偶然そこにいた……と見えるはずの……アルンド・ケルが、《ハーモニー》まで行く手間をはぶくため、彼女に声をかけた。

「ああ、ゲ・リアング！　ちょうどよかった。これを旅の歌手にわたしておいてくれないか？　歌の記録をたのんでいて、スタート前に終わらせる約束なんだ」

「忘れないようにいっておくわ」彼女はそういって、ちいさな平たいつつみを受けとった。

それだけだ。情報の受けわたしは完了した。

彼女は《ハーモニー》にもどり、これでアルンド・ケルに危険はなくなったと安堵した……かれが物質シーソーに関する全データをコピイして、それをゲ・リアングにわたしたことに、あとでだれかが気づかないかぎり。そうなる可能性は低い。アルンド・ケルによると、データが盗まれたことにあとから気づくのはほぼ不可能らしかった。

「やったわ！」彼女は勝利を叫んで《ハーモニー》のせまい司令室に入った。「あとはジェゼトゥをはなれて、ギャラクティカーにこのデータをとどける方法を見つけるだけよ」

「ジェゼトゥからの撤退が完全に終わるのを待とう」サラアム・シインが歌うようにいう。「惑星エペルムに移送されるはず……ゴタン・モル・ブラルクがそのつもりなのはたしかだ。パガルからある程度はなれたら、コースを変更する。ゲ・リアング、惑星ゼレンガアの軌道あたりに、ハウリ人の防衛網の隙間があるといっていたな。そこから忍び出て、ウシャアル星系から脱出しよう」

顔を見合わせると、ずいぶん気が楽になった。うまくいきそうな計画があり、手ぶらで帰ることにはならないだろう。この状況でこれ以上は望めない。

ゲ・リアングだけはアルンド・ケルのことを心配していた。別れを告げることもできなかったのだ。ハウリ人がかれをはじめ、全員をパガルに連れていってしまうまえに、かれにふたたび会う機会はもう二度となさそうだったから。

だが、いつかまた会えるはず……すべてが終わったあとで。そう約束したから。

〈心を強く持って信じるしかない。そうすれば、きっとすべてうまくいく〉と、ゲ・リアングは思った。

だが、意識の奥底には、まったくちがうことになるのではないかという不安が渦巻いていた。

*

ジェゼトゥの短い一日が終わるころ、ゴタン・モル・ブラルクがめずらしく副官のオフィスを訪れた。たいていは逆だし、首席通信士のほうに用があれば副官を呼びつけるのがふつうだ。

だが、ハウリ人はいつにない不安を感じていて、そのためにアルンド・ケルのオフィスのドアを開けてなかをのぞきこんだ。

カルタン人はもどったばかりらしく、雨具をフックにかけ、驚いたように周囲を見まわした。ゴタン・モル・ブラルクは内心でたじろいだ。

かれはカルタン人が気にいらなかった。なぜアルンド・ケルが副官に任命されたのか、理解できない。

そもそもゴタン・モル・ブラルクは、この任務に異種族が多すぎるという見解の持ち主だった。いくらかれらが……多かれすくなかれ自発的に……唯一の正しい信仰にいたった者たちだとしても、かれの目にはリスク要因とうつっている。かれらはあまりにも感情的で、必要な徹底性を欠き、作業は不正確で、時間を守らず、議論にかまけて時間をむだにし、かれの指示にすなおにしたがわない。

なによりも要求が多すぎた。

簡素で良質なハウリ人の食糧に満足せず、風変わりきわまる希望を述べ……それを押しとおしてしまう。さらに気晴らしや、長い休憩時間や、保養休暇をほしがる。ハウリ人労働者ならもっと慎ましく従順で、きびしい規律に慣れているのに。

そんななかでアルンド・ケルにはとくに欠点がなく、多くのハウリ人よりも勤勉なくらいだった。

それでもなお……ゴタン・モル・ブラルクはかれが気にいらなかった。

もちろん、そんな態度を見せるわけにはいかない。第一、ハウリ人がこのような重要な任務で感情に流されてはならず、第二、命令にはしたがわなくてはならないから。かれの副官にカルタン人をつけるのが正しいと上位のハウリ人が判断したなら、それを受け入れ、最善をつくすしかない。

ゴタン・モル・ブラルクはハウリ人特有の自制心で副官の存在に耐えているという以上に、カルタン人に対する本能的な強い嫌悪感をいだいていた。不誠実で陰険な者たちだと考えていたから。カルタン人が心の底からヘクサメロンの教えを理解できるとは信じられず、転向した者たちの信仰はまやかしだと思っている……つねに裏切る危険がある、と。わずかなきっかけで敵に寝返るにちがいない。できれば全員まとめて追い出したかった。

だが、ゴタン・モル・ブラルクの影響力は部外者が考えるほど大きくない。衛星ジェゼトゥの首席通信士という地位はこれまでにかれが就いたなかではもっとも高いが、全体のなかではたいしたものではなかった。かれの重要度は……プロジェクトの大きさから見れば……ごく些《さ》末《まつ》なものだ。

そこにあらわれたのが旅の歌手だった。

歌手は全員を圧倒した。その歌は真に迫り、心を鼓舞し、耳に心地よく、だれも抵抗できない。抵抗する必要さえ感じられなかった。旅の歌手は明らかに、ヘクサメロンと支配者ヘプタメルを讃美したいという燃えるような欲求だけにもとづいて行動しているから。

その歌に唯一、最初から反応しなかったのがアルンド・ケルで……そのことはハウリ人を困惑させた。

ゴタン・モル・ブラルクはひそかに調査を進めた……もちろん、だれにも気づかれないよう慎重に。最初は罪の意識をおぼえた。間接的にとはいえ、命令に背いているのだから……その感覚はまだかすかにのこっている。

まず判明したのは、歌に反応しないのがほんとうにアルンド・ケルだけだということだった。カルタン人だと抵抗が強いということもなく……むしろ反対だ。

次いでわかったのは、アルンド・ケルが惑星エペルムにきたときから敬虔な信者で、訓練を短期間で滞りなく、驚くほどの好成績で修了していたことだった。

結論は明白だ。アルンド・ケルは条件づけられている……カルタン人によって準備された、プシオン性の影響に免疫を持つ、ずば抜けたエージェントだ。

ゴタン・モル・ブラルクはこの疑念に電撃のようなショックを受けた。

疑念を裏づける証拠が見つかれば、厄介なカルタン人を永久に追いはらえる。同時にかれの名声もあがり、影響力も増すだろう。影響力が増せば、それを使って異種族を、命令権のない技術職よりも上の有力な地位から排除できるようになる。

そこまではいい。

だが、証拠もなしにアルンド・ケルを告発して調査をもとめることはできない。つまり……もちろんもとめることはできるが、それには危険がともなうということ。面目を失いたくはない。失敗するわけにはいかないのだ。

アルンド・ケルがプシオン性の影響に免疫があることをどうすれば証明できる？　そんな影響をあたえる手段がないのに。実験をしなければ、あのカルタン人が反応しないことは証明できない。

ジェゼトゥで実験できる可能性はなかった。ゴタン・モル・ブラルクでも、必要な装置を要求すれば詮索はまぬがれないだろう。どう考えてもジェゼトゥで必要になるような装置ではないから。

こうした状況のなかで、かれははじめて、あの謎めいた旅の歌手がなんらかのプシオン能力を有しているのではないかと思いついた。

ゴタン・モル・ブラルクがハウリ人でなければ、もっと早く思いついていただろう。サラアム・シインの特異な性質にはどんなおろか者でも気づくに決まっている。だが、ハウリ人は〝ヘクサメロンの書〟の歌を聞くたびに精神の高揚を経験していた。もちろん、ハウリ人が歌ったのではオファラーの名歌手のような豊かな響きをあたえることはできないが、ゴタン・モル・ブラルクは歌がもたらす効果を演奏のちがいと考えて納得していた。

神聖なものへの遠慮から、ハウリ人はサラアム・シインにこのことについて話しかけることも、答えをもとめることもできずにいた。かわりにかれはハウリ人の古い特殊能力を使うことにした。プシ技術時代には使われなくなっている能力だ。それは惑星タルウルの気前がいいとはいえない自然が、なかでもいちばんうまくやった子供たちにあたえた特殊感覚だった。

ゴタン・モル・ブラルクは自分自身をプシ・デテクターとして利用したのだ。

その後かれは何度もオファラーの歌手の公演を聞きにいったが、調査は進まなかった。ゴタン・モル・ブラルクが敬虔なハウリ人だったから。〝ヘクサメロンの書〟の歌を聞きながら、ほかのことを考えたりできなかったのだ。プシオン力の存在を教えてくれるはずの特殊感覚にほとんど集中できない。そちらに集中すると、神々しい歌声が聞こえなくなってしまう。完全に〝あちら立てればこちらが立たず〟という状況だった。

ゴタン・モル・ブラルクはとほうに暮れた。このジレンマから抜け出す方法が見つからない。

そのとき、偶然がかれに救いの手をさしのべた。

ひとつひとつはとるにたりない、ただいらだたしいだけの、秘密の調査とはなんの関係もない無意味な事情がいくつも重なって、次の公演に参加できなくなったのだ。ゴタン・モル・ブラルクは激昂した。

それでも苦労に苦労を重ね、もっとも緊急度の高い作業をぎりぎりで終わらせて自室にもどり、サラアム・シインが歌っている居住地にコンタクトし、かけがえのない耳の饗宴の最後の歌は聞くことができた。

だが、かれは突然、そのよろこびが以前ほど比類ないものではないことに気づいた。最初は旅の歌手を酷使しすぎたのかと思った。公演が多すぎて喉を痛めたのか？　ジェゼトゥの気候が合わなかった？　病気ではないのか？

かれは急いで、公演中の居住地の責任者を通信で呼び出した。相手はなかなか応答せず、やっと聞こえてきた声はひどく不機嫌そうだった。ゴタン・モル・ブラルクにはらうべき敬意すら感じられない。「なぜよりにもよってこんなときに！」相手はマイクロフォンに向かって怒りの声をあげた。「旅の歌手をゲストに迎えているのを知らないのですか？」

ゴタン・モル・ブラルクは相手の信じられない態度を寛大に見逃した。いつもなら寛大なところを見せたりはしないが、いまは不確かな理由で動いているため、あらゆる点でひかえめに行動することにした。「上々です！」ゴタン・モル・ブラルクが歌手の体調をたずねると、相手のハウリ人はそう答えた。「いや、声もです。どうして病気だと思うんです？　歌を聞くかぎり、健康そのものですよ。これで失礼します……歌が聞きたいので」

ゴタン・モル・ブラルクは自分も同じようにふるまっただろうとわかっていたので、通話を打ち切った相手の不作法なやり方に腹を立てたりはしなかった。

目の前にはあらたな謎があり、かれはそれがまったく気にいらなかった。いまの出来ごとをすべて忘れてしまいたいくらいだ。

だが、そういうわけにもいかない。

ほかの公演も聞いてみたが……どれも記憶にあるより平板で、つまらないものに思えた。その場にいた者たちにたずねると、至福の体験だったという答えが返ってくる。だが、録音を聞かせると、かれらは再生装置に対して一様に失望といら立ちを見せた。

ほかのハウリ人に、公演中にプシオン性の影響を感じたかとたずねてみる。

感じた者はいなかった。

「装置のせいでしょう」ゴタン・モル・ブラルクが相談した技術者がいった……相手はもちろんハウリ人だ。こんな微妙な問題をハウリ人以外に話せるわけがない。「われわれの装置はあれほどの響きの音楽を録音したり転送したりするような設定になっていません。歌手の発する周波数が、装置で捕捉できる上限と下限をこえているんでしょう。高音部と低音部をカットしたら、声がちがって聞こえるのは当然です」

この言葉は重かった。ゴタン・モル・ブラルクはこの技術分野についての知識がとりわけ乏しく、技術者の説明に反駁《はんばく》することができなかった。

もうほとんど、この件は放念しようかと考えはじめる。

ほとんど……完全にではない。

かれは一歩引いて考えることにした。

どこかがおかしいことはわかる。だれでもそうだが、一点に集中しすぎると全体像や関連性が見えなくなる。

いいかえれば、いまのゴタン・モル・ブラルクは木を見て森を見ていない。

こうして脳を酷使しすぎた結果、詮索をやめて惑星タルウルに助力をもとめるという、なんの意味もないアイデアが浮かんだ。

「なにをばかな」と、ゴタン・モル・ブラルクはひとりごちた。「かれらに歌を聞かせても、高音と低音が欠けているのだから、判断できないはず……」

そこで言葉がとぎれた。

いまなんといった?

かれ自身、最初はスピーカーごしに歌を聞いたではないか。あのときはなにも欠けてなどいなかった。むしろ逆だ。ジェゼトゥに接近する宇宙船のなかで歌手が朗々と響かせた〝六日間の歌〟は、ゴタン・モル・ブラルクが生涯耳にしたなかでもっとも力強いものだった。その後聞いた歌手の歌は、どれもあれほどの説得力を持っていない。

説得力……それこそゴタン・モル・ブラルクが欠けていると感じるキイワードだった。

思わずうめき声をあげ、両手で顔をおおう。

思いついた疑念が当たっているなら、あの憎らしいカルタン人はゴタン・モル・ブラルクの地位を光の速さで追い抜いていく可能性があった。

旅の歌手の歌を聞いた者は悪魔的なサイクルに巻きこまれることになる。あのすばらしい歌を聞いて、なにかがおかしいと疑念をいだいた者は、だが、その疑念を証明することができない。証明するためにはもう一度歌を聞かなくてはならず、歌手の影響をさらに強く受けてしまうから。

ゴタン・モル・ブラルクはこの恐ろしいサイクルを破った自分を天才だと思ったが、それが一連の偶然に助けられた結果だということは認めざるをえなかった。しかも問題の解決からはほど遠い。

歌手の影響力がしめす方向を見定めようとしたが、かんたんではなかった。なんらかの影響を示唆《しさ》するものがなにも見つからないのだ。

破壊工作を実行した者も、通信ステーションから情報インパルスを送信した者も、目的地不明のままジェゼトゥをスタートした者も、そのほか、なにかの不法行為に手を染めた者はどこにもいない。すべてが正常だ……未知宇宙船《ハーモニー》がジェゼトゥに着陸したという事実をのぞけば。

それが意味するところを考えると気分が悪くなった。あとになって……たとえばパガルで……効果があらわれる、精神操作かもしれない。ただちに報告しなくては。

移送作業は中止するしかないだろう。なんらかのかたちで直接間接に旅の歌手とコンタクトした居住地の住民は、すべて調査しなくてはならない。《ハーモニー》とその乗員は拘束し、隔離する。すべきことはいくらでも……

……首席通信士は降格されるだろう。

この大失態を前に、上官の慈悲を期待することはできない。ゴタン・モル・ブラルクは砂漠送りになるだろう……実際、そうなることは容易に想像できた。タルウルには広大な砂漠がいくつもあり、そのどれもがきわめて苛酷な場所だ。

〈だが、なにも起きないかもしれない〉ゴタン・モル・ブラルクはそう思った。漠然とした希望だが、いまやかれにはそれしかのこされていなかった。あの歌手はプシオン力を有しているが、敵意はないのかもしれない。ほんとうにヘクサメロンを信奉していて、歌がもたらす影響も、ほんとうに支配者ヘプタメルを讃えるためだけのものなのだ。

たぶん……

それをはっきりさせる手段はひとつしかない。歌に免疫があり、冷静さを失わなかった者にたずねるのだ。歌手の歌によってジェゼトゥに生じた変化に気づけるのはその者しかいない。

ゴタン・モル・ブラルクはかれにとって困難きわまる道を進みはじめた……副官のカルタン人を探しはじめたのだ。

ごく慎重に、おだやかな態度で事情を説明する……深刻な状況下でかれがそうなることは、たぶん知られているだろう。

カルタン人は動揺を見せず、その顔からはなにも読みとれなかった。

「で、どう思う？」最後にゴタン・モル・ブラルクがたずねた。

アルンド・ケルは沈黙していて、ハウリ人はその意味をとりちがえた。

「確定的なことをいうには時期尚早《しょうそう》だとわかっている」と、急いでいいそえる。「いまの印象だけで判断してもらいたい。われわれ、影響を受けているだろうか？」

カルタン人は好意をよせているゲ・リアング＝プオや、サラアム・シインや、メエコラー宇宙とアルドゥスタアル銀河の諸種族のことを考えた。だが、それらはすべて頭のなかでぼやけてかすんでいた。

かれは自分が置き去りにされたと、あるいは、裏切られたとさえ感じていた。嫉妬の目でほかの者たちを眺め、なぜ自分だけがのけ者にされるのかと自問しつづけた。

自分を卑下し、そのことを苦痛に感じていた。実際には自分こそが優位に立っていたのに……おろかにもあのカルタン人女性に籠絡《ろうらく》されるまでは。

彼女は嘲笑っていたのだろうか？

そうは思えなかった。他者の考えがわかるわけではないが、ゲ・リアングがそんなことをするとは思えない。たぶん同情していたのだろう。

同情していた……かれに？

ま、たぶんかれも彼女に同情するだろう……時間がたって、当初の怒りを乗りこえることができたら。彼女は魅力があり、知性的で、自信に満ちている……いい伴侶《はんりょ》となるにはすこし自信が強すぎるようだが、それはいずれおちついてくるだろう。

「われわれ、影響を受けているか？」ゴタン・モル・ブラルクが重ねてたずねる。

「いいえ」アルンド・ケルがゆっくりと答えた。「影響を受けているのはあなたがたではなく、わたしです」

心のなかでこうつけくわえる。

〈すまない、ゲ・リアング＝プオ！〉

気をとりなおし、ゴタン・モル・ブラルクに報告。自分の墓穴を掘っているのはわかっていたが、すべてつつみかくさず打ち明けた。

なによりも腹立たしいのは、ゴタン・モル・ブラルクのほうが自分より頭が切れるらしいことだった。かれ、アルンド・ケルもまた、サラアム・シインの策略に気づけたはずなのだ。気づきやすい立場にいて、歌の影響を受けなかったのだから。子供のように拗ねていないで目を見開いていれば、なにかおかしなことが起きているとわかったはず。いまやゴタン・モル・ブラルクは優位に立ち、すぐにもそのことをアルンド・ケルに思い知らせるだろう。

だが、ハウリ人はまるで勝ち誇るようすがなかった。どうやらゴタン・モル・ブラルクにはまだ心配事があるらしい。

「われわれ両名の失態だ」ハウリ人が不承不承といった感じで口を開く。「われわれには協力する義務があり、そうしていればサラアム・シインのことも、もっと早くわかったにちがいない」

両者は顔を見合わせた。どちらも相手に共感しているわけではないが、自分たちが一《いち》蓮托生《れんたくしょう》であり、さして重要でもない任務にどちらも価値を見いだしていないことは理解している。

「取引しよう」ゴタン・モル・ブラルクがいった。「ともにこの状況を正常にもどし、ともに報告するのだ。ほかのだれかがわれわれの失態を知る必要はない。そうすれば、失態はなかったことになる」

悩む必要などない……アルンド・ケルはすぐに同意した。

「けっこう」と、ゴタン・モル・ブラルク。「では、これから一味を逮捕して……」

「待ってください！」カルタン人が上官の言葉をさえぎった。「あらたな失態をさらすわけにはいきません！　サラアム・シインの能力を考えてください。あのカルタン人もプシ能力者かもしれない。いま逮捕しようとしたら、きっと抵抗するでしょう。それに対処する余裕はありません。最初の輸送船がまもなく着陸します……危険は冒せません！」

「だったら、どうする？」

「ロボット船の派遣を要請するんです。ロボットならプシオン的な影響を受けませんから」

ハウリ人はしばらく考え、カルタン人に親しげな視線を向けた。

「いい考えだ。その方向で必要な手段を講じよう」

最初の輸送船が着陸し、パガルの監視ステーションと、パガル自体との通信回線もつながった。さらに多くの船が接近してきていた。

*

サラアム・シインが《ハーモニー》のボウル形上部構造で作業をしていたとき、最初の輸送船が到着した。カルタン人たちは緊張して、居住地からの引きあげを見守った。たいした時間はかからなかった。居住地の住民はいつ、どの列にならんで乗船するのかわかっていたようだ。持ちものもちいさな手荷物だけだった。

輸送船はさらに次々と到着した。二時間もすれば居住地はからっぽになっているだろう。

居住棟も解体して運び去るらしい。住民の数にくらべて輸送船が明らかに多すぎる。よぶんな船は敷地のはずれに着陸し、ロボットの群れを吐き出した。その一部は重い装置類を運び出し、着陸場に直接設置しはじめた。

最後の輸送船に住民が乗りこんでいるとき、ゴタン・モル・ゾラルクから通信が入った。

「きみたちはエペルムに飛ぶようにとの指示があった。向こうで受け入れ準備をしていて、あらたな任務がある。必要なデータを送る……」

口調はゆっくりとおちついていて、急ぐようすはなく、返事は期待していないようだった。

「サラアム・シインの予想どおりだ」と、カム・ペラ＝ヘイ。「待っていてよかったということ。これで戦わずに脱出できる」

答える者はいない。

ゲ・リアングはじっと画面を見つめていた。

「あなたの男はなんといっているの？」サル・エダ＝ヘイが小声でたずねる。

「わたしの男じゃないわ！」ゲ・リアングが怒気をふくんで応じる。「わたしがずっとかれを監視していると思わないで」

「そうすべきかもしれない」オニ・バス＝ヘイが疑わしげにいった。「かれもヘクサメロンの信者なんだから」

「もうそうじゃない！」と、ゲ・リアング。

「スタートするのは人員輸送船がジェゼトゥをはなれたあとにしてもらいたい」一ハウ

リ人の声が通信機から流れ、返事を待たずに接続が切れた。

輸送船がゆっくりと、次々に離陸していく。ロボットとかれらを乗せてきた船はあとにのこった。

「面倒な連中ね、ハウリ人というのは！」ラウ・テフ＝ヘイがいった。「ほかの人員輸送船も離陸できるはずなのに、気がつかないの？　かれらはいつも順番待ちで、その必要があろうとなかろうと……」

「あれはなに？」

ゲ・リアングがはっとして、画面を指さした。

最後の船がスタートして、ロボットが設置した装置が円形に配置されているのがわかる。その中心にあるのは《ハーモニー》だ。

「スタート！　いますぐ！」ゲ・リアングが叫んだ。

サラアム・シインが急いで近づいてくると、画面を見て、命令をくり返した。

《ハーモニー》は動かない。船が話しかけてくることもなかった。

「なにが起きたのか報告しろ！」かれはティンパニーのような声で憤然と命じたが、反応はなかった。

ロボットが着陸場を進んでくる。かれらはハッチを開け、船内に入ってきた。船は抵抗するようすさえ見せない。

ロボットは船内を動きまわって各種回路を操作し、未知の小型装置をいくつか設置した。カルタン人やオファラーの名歌手には目もくれない。なにかを探しているらしいロボットもいて、《ハーモニー》のボウル形上部構造に向かっていく。サラアム・シインは急いで追いかけようとしたが、その目の前でハッチが閉じた。

ボウル形上部構造からおりてきたロボットはちいさな平たいつつみを手にしていた。

「物質シーソーの情報！」ゲ・リアングは驚きの声をあげた。「アルンド・ケルが捕まったんだわ。助けないと！」

「いや、ゲ・リアング」そのカルタン人の声は聞きまちがいようがなかった。「きみが助けるべきは、自分自身だ」

ゲ・リアングは通信装置に駆けよった。

「なにがあったの？」と、叫ぶ。

「なにも」アルンド・ケルはおちついていた。「わたしは重要な点で過ちをおかし、きみはそれを利用して、わたしに影響をおよぼした。その過ちを正したら、ほかのすべては支えを失って崩れ落ちた。残念だが、ゲ・リアング、きみの負けだ」

「わたしたちをどうする気？」ゲ・リアングは急に不自然なほど気分がおちつくのを感じた。

「ロボットが外の世界に連れていく。きみたちはマシンの監視下に置かれる。トリックに効果はないから……むだなエネルギーを使わないように。どうなるかはきみたちしだいだ。われわれの信仰に改宗するなら、また会えるだろう。そうでないなら死ぬだけだ」

　ロボットは牽引ビームで《ハーモニー》をジェゼトゥから引きはなした。船内で機能しているのは生命維持装置だけだ。通信機は完全に死んでいるし、サラアム・シインの〝オルガン〟もまったく音が出ない。

「いちばんの痛手は、貴重なデータがすべて失われたことね」全員が最初の恐るべき衝撃から立ちなおると、ゲ・リアングがいった。

「いや、データは失われていない」と、サラアム・シイン。「勝手にコピイして、歌にしたから。〝オルガン〟に記録してあって、いつでも再生できる」

　だが、それがなんの役にたつ？　そのデータを銀河系調査船団に引きわたす方法がない。自分たちは囚《とら》われの身だ。ロボット船団は《ハーモニー》をウシャアル星系のはずれへと曳航《えいこう》していく。この航行の終点を知る者はいなかった。

〝勝利の証し〟の守護者

K・H・シェール

登場人物

アトラン……………………………アルコン人
ジュリアン・ティフラー………有機的独立グループ（ＧＯＩ）代表
ラトバー・トスタン……………《ツナミ＝コルドバ》艦長。テラナー
ポージー・プース………………同乗員。スヴォーン人
アダム・ピッテンブルク………同。テラナー。ハイパー物理学者
ロドニナ・コスナトロワ………同。神経プシオン学者
メインティ・ハークロル………同。超空間記号論理学者
ユーリ・カッチェンコ
アリ・ベン・マフル
アアロン・シルヴァーマン
……同。惑星ゼレンガア偵察隊

1

「一方、蟻塚には活気がありません！」《ツナミ＝コルドバ》のハイパー物理学者、アダム・ピッテンブルクがいった。

しわだらけの顔一面に玉の汗が浮かんでいる。かれが力のかぎり作業をつづけているのは、だれかに強制されたわけではなかった。ほかの乗員たちも同じだが、未知技術をすこしでも把握しようと乗船したのだ。

タルカン遠征隊のチーフはザプルシュ星系でハウリ人の宇宙船三隻を鹵獲《ろかく》したあと、銀河ギャンブラーのラトバー・トスタンでさえ〝なかなか刺激的だ〟と評する計画を立案した。

それでもトスタンはアトランの計画を精いっぱい支援した。危険が大きいほど燃える男だったから。

乗員の〝教学〟は迅速に実行された。乗員は高度な専門家ばかりだが、トスタンが提唱したこの用語に笑みを浮かべる者はほとんどいなかった。

どれほどの危険があるか、だれもが理解していたから。

ハウリ人の宇宙船に使われている技術は、相手が非人類なので当然だが、テラナーの技術とは隔絶していた。だが、三十光年はなれた巨大なウシャアル星系は急速に近づいていて、鹵獲した三隻は早急に航行可能にする必要があった。

ハウリ人はウシャアル星系の第二十二惑星パガルに物質シーソーを設置している。その機能は大質量を通常宇宙からタルカン宇宙に転移させることだ。アトランはとにかくこの装置を使用不能にすることだけを考えていた。

そのためにはいずれにせよウシャアル星系に向かう必要があり、鹵獲したうちの一隻、《ハウレクス》を使うことになった。タルカン遠征隊の大型船十二隻では、二重恒星系ウシャアルの第二十二惑星に到達することはできないだろう。可能性があるのは遠征隊の十三番船、オファラーのサラアム・シインひきいる《ハーモニー》だけだ。

名歌手がアトランの狙いどおり、うまくハウリ人の警戒網の注意を惹いてくれれば、六十二個の惑星を擁する星系に《ハウレクス》で気づかれずに潜入できる可能性が開ける。これがアトランによる、自身とバス＝テトのイルナをパガルに送りこむ計画の前提だった。惑星に着陸するのは搭載艇だろうと大型鹵獲船だろうと不可能なので、テラナーのテレポーター、ラス・ツバイが搬送役をになうことになっている。

計画がかたまると、ハウリ船の命令系統を〝理解の共通分母〟に変換する作業がはじまった。

四四七年十一月十一日、〈歌の歓び〉作戦の最初の段階は成功したようだった。サラアム・シインは惑星パガルの第三衛星をプシオン効果のある歌で満たし、《ハーモニー》に乗りこんだカルタン人たちはかれを精いっぱい支援した。それが確認できたのはハウリ船に特別に装備された装置のおかげだ。

衛星ジェゼトゥは惑星パガルを平均距離九十九万五千キロメートルで周回している。オファラーの名歌手はいま、そこで活動していた。

数分前のアトランは、いまが第二十二惑星にテレポーテーションする好機だと考えた。

*

「表現がわかりにくかったかな?」ピッテンブルクが不安そうにたずねたが、答える者はいなかった。

司令室内がよく見えるようにと、かれは不器用に成型シートを回転させようとした。うまくいかない。

「やめておけ。うっかり通信呼び出し回路を作動させかねない」ハイパー物理学者の右後方にすわったラトバー・トスタンが警告した。

ピッテンブルクとちがい、身長が二メートル近く、薬物中毒の後遺症で骸骨のようなテラナーのからだは、ハウリ人用に設計された成型シートにぴったりとおさまっていた。銀河ギャンブラーは〝最後の六日間〟の預言者によく似ているのだ。

ピッテンブルクはさらに不安そうに、生きている死体のような男を見やった。トスタンは偶然を味方につけるためなら、文字どおり〝どんなことでもする〟と公言してはばからない。

いかにもトスタンらしいが、ピッテンブルクは《ツナミ＝コルドバ》で仕立てた、トスタンのカーキ色のコンビネーションにまだ慣れることができなかった。

右胸には〝最後の六日間〟の記章が輝いている。半円の上に左から右に、徐々に長くなる棘《とげ》がならんだかたちだ。しかもそれはほんものだった！　トスタンのような抜け目ない男はコピイでは満足しない。

「身元確認のさいに暗号化された固有放射を極細の金属線で発するようになっていないと、どうしてわかる？」と、かれはいったもの。

だから胸に記章がついたハウリ人のコンビネーションをそのまま着用することにしたのだ。

ピッテンブルクはその姿が是認できなかった。ふつうの体形のテラナーがこんな船内コンビネーションを着用したら、ひかえめにいっても目立ちすぎだ。だが、トスタンの干からびたからだと、黄色い羊皮紙のような皮膚が貼りついた頭部と、つねにむき出しの、縮んだ唇ではほとんどかくれない入れ歯のせいで、全体としていかにもハウリ人らしく見える。不快感がおさえきれないくらいだ。

任務にとりかかる準備は万端だが、技術的な知識はまだたりない。

当面はこうしてハウリ人の基本システムを〝騙《だま》して〟利用するしかなかった。

アトランのポジトロニクス技師、シントロニカー、異プログラミング専門家などが未知シンボルの解読を進めているが、どの回路がどのプロセスを制御しているのかは短時間で解明できそうになかった。

サラアム・シイン、およびゲ・リアング＝プオと部下のカルタン人たちは、トスタンの驚くべき提案を実行にうつした。

それなしにはなにもはじまらない基本的知識を持っているのはハウリ人だけだ。

パラ物理的な手法でかれらにヘクサメロンの教えへの狂信を捨てさせ、テラナーの役にたつようにさせるという試みは、実行前に放棄された。

かわりにかれらの自我のなかに、ある感情を目ざめさせることになった。それまでかれらが知らなかった、あるいは無視できると考えていた、死への不安を。

実験のあと、四名のハウリ人宙航士はサラアム・シインの歌に反応をしめした。その後はすぐに、ギャラクティカーの原則的な方針を信用するようになった。そうなってようやく、《ツナミ＝コルドバ》に搭載したテラ＝シガ製超技術装置をハウリ船の司令室に設置し、ハウリ人のシステムの主回路に接続できるようになった。

　この可搬式特殊計算機は新型の異プログラミング・アダプターで、ＦＰＡと呼ばれる。テラの最高の科学者たちが設計し、シガ星人のマイクロ技師たちが製造したものだ。

　その機能は未知技術でつくられた大型コンピュータのプログラミングとその動作シーケンスを解析し、テラナーやほかのギャラクティカーに理解できるシンボル体系に変換して、なにをなぜ、どうすればいいのかわかるようにすることだった。

　ＦＰＡの計算速度はハウリ人のポジトロニクス計算機の数十億倍にもなる。ハウリ人の計算機は重要なスイッチ・ノードを統合したコンポーネントを、第一世代の単純なシントロニクス基板にのせただけのものだから。

　それでもＦＰＡがインパルス密度のきわめて高いハウリ人のプログラミングを解析し、自身のプログラミングとして記憶し、通常のキイボードで操作できるようにするには数時間を要した。

　その後、《ハウレクス》に搭載したＦＰＡと特殊訓練を受けたテラナーの宙航士の助けを借りて、のこる二隻のハウリ船も操縦できるようになった。二隻はウシャアル星系に向かい、予備船としてテラナーの船団にくわわった。

その間も《ハウレクス》ではＦＰＡが作業をつづけ、船内のほぼ全エリアを掌握《しょうあく》した。これで惑星パガルに接近できる。

とはいえ、まだ多数のハウリ製プログラミングが使えないことに変わりはない。火器システムも手つかずだ。

最大の懸案はハウリ人のＩＤシステムだった。ザプルシュ星系では完璧に機能していたが、それは宇宙船本来の所属星系だったからだ。

ウシャアル星系で必要なコード・インパルスが正しい順序で入力されているかどうかは判断できない。ハウリ製ポジトロニクスとシントロニクスの中間段階では入力内容をつねにモニターしているが、四四七年十一月十一日現在のデータ、シンボルあるいはコードがウシャアル星系の防衛ゾーンでいまも、いや、そもそも役にたつのかどうかは、まったくべつの問題だった。

「とにかく、ごまかしとおせ！」はじめてＩＤの問い合わせを受けたとき、アトランはそっけなくそう命じたもの。

〝ごまかしとおせ〟という命令はいまも有効だ。それがピッテンブルクのような専門家の額に汗を浮かべさせる、重要な問題だった。

かれはあらためてシートのなかで背筋をのばし、上体を右に向けた。トスタンが奥まった目でかれを見つめている。

「そのとおりだ」トスタンがジェフリー・アベル・ワリンジャーの弟子にいった。「ここに存在する船団にくらべれば、蟻塚にはたしかに活気がない。六十二個の惑星とその衛星については、なにもいう気はない。全員わかっているから、神経質になるな。この船のだれもが、きみ自身ときみの理性を必要としている。ＦＰＡのインストールはすばらしくうまくいった。きみの頭のなかの計算機はなんといっている？」

ピッテンブルクは微笑した。

「ヘクサメロンの手下がどうして攻撃してこないのかわかりません。この星系はハウリ人にとって、きわめて重要なはず。どうしてわれわれをかんたんにパガルに接近させたのでしょう？　周回しながら徐々に高度を落として、二分後には第三衛星がまた見えてくるはず。運がよければ《ハーモニー》を直接目にすることもできるでしょう」

「大型スクリーン上で？」

ピッテンブルクはモニターの列に目をうつした。先細りの船首部分にななめにモニターがならんでいる。

パガルは〝白い惑星〟と呼ばれ、高い表面反射率が特徴だ。酸素大気は呼吸可能だが、水蒸気を多くふくむため、白い巨大な球体のように見える。

通常の光学機器で地表を観測するのは不可能だった。入手した情報から、赤道部分の直径が四万五千キロメートル、表面重力は一・二五Ｇとわかっている。大きさにくらべて重力がちいさいのは密度が低いせいだ。

「もちろんです」ピッテンブルクが即答する。かれはしばらく魅せられたようにモニターを見つめていた。「もちろん《ハーモニー》が見えるはず。ハウリ人の映像装置はいつもどおり作動していますから。とはいえ、映像はもうありのままの映像ではありません。実際にはどす赤い光が強さを増しています」

トスタンは懸命に平静をよそおった。特殊部隊の二十名のなかにはワリンジャー・チームの精鋭や、スヴォーン最高のシントロニカーであるポージー・プースもふくまれていて、かれが実際に考えていることを推測する時間も充分にあった。かれらを統制し、できれば手出しされないようにする必要がある。

明るく輝く惑星が赤い涙の海に埋めこまれているかのようだ。二重恒星ウシャアルの光が湿度の高い濃密な大気に反射して、異様な色合いになっている。なによりも、ハンガイ銀河そのものが死にゆく宇宙のどす赤い色のなかに埋めこまれていた。

トスタン命名の宇宙船《ハウレクス》は大きな楕円軌道を描きながら、いまは惑星の反対側にある衛星ジェゼトゥがふたたび画面上にあらわれるポジションに向かっていく。

二千個以上の光点が、そこにいるのが《ハウレクス》だけではないことをしめしていた。ポージー・プースの手になるIDタグ表示が大型のコンピュータ画面にあらわれ、各光点がハウリ人特有の宇宙船であることをしめしている。

三百メートル級の船は船首と船尾が大きく中央部がくびれた特徴的な形状で、鹵獲した《ハウレクス》もこのタイプだ。

ＦＰＡに内蔵されたプシオン・インパルス探測装置の反応が強くなった。突然、可聴域に共鳴音が聞こえはじめる。

実体のないインパルス前線のプシオン的な強制作用はギャラクティカーに効果をおよぼさない。このことはオファラーの名歌手も確認していた。これまでのところ、サラアム・シインの力の影響を受けたのは〝最後の六日間〟の預言者たちだけだ。

「こちらはＦＰＡ」うまく変調された自動音声がいった。「歌唱強度が増加傾向にあります。サラアム・シインはプシオン量を増やさざるをえなくなり、それが計画に支障をきたす可能性があります。以上！」

トスタンはすばやく成型シートから立ちあがった。

次の瞬間にはもう、筐体《きょうたい》が奥行き三・二メートル、幅一・六メートル、高さ二メートルのＦＰＡ装置をかこんで配置された、背もたれの高いシートのうしろに立っている。

筐体内には極限まで微小化したシントロニクス大型計算機が組みこまれていた。ポージーの説明によると、その能力は二十世紀レベルで完全に産業化された一惑星全体を管理できるほどだという。現代のマイクロ集積技術から考えて、ＦＰＡはあまりにも巨大だ。だが、それだけの能力がないと、この先の成功はおぼつかなかった。

筐体の外殻にはシャープで色鮮やかな再現特性のある小型モニターがならんでいる。その前にはせまいシートが置かれ、入力コンソールと出力回路の統合システムが用意されていた。論理セクターには《ツナミ＝コルドバ》のシントロニクスからも問題なくアクセスできる。作業に携われるのは高度な専門家だけだ。

鹵獲船の大型スクリーンで見られる外部映像もここから制御し、評価できるようになっている。

白い惑星の第三衛星ジェゼトゥが、四分の一欠けた姿で見えてきた。そこは主惑星よりも生命に友好的で、物質シーソーの操作員が常駐している。

トスタンはハッチが開く音を耳にした。アトランがバス＝テトのイルナとともに司令室に入ってくるのを目のすみでとらえる。

アルコン人はツナミ・スペシャル・セラン、TSSの最新モデルを着用していた。システムにマイクロ・シントロニクスを採用し、タルカン宇宙への旅に必要な機能をそなえた特別仕様だ。

イルナの防護服はよくわからなかった。セランに似ているが、内部構造は《バジス》の科学者たちがつくりあげたものとちがうらしい。

アトランはまっすぐ銀河ギャンブラーに歩みより、すぐそばで足をとめた。その姿には自信にあふれたおちつきが感じられた。

「サラアム・シインが窮地におちいったようだ」トスタンは質問の機先を制した。「歌の力が強まっている。メインティ・ハークロルがエネルギー放射を探知したといっている」

そういって小柄で若い、かわいらしい女性に目を向けた。彼女は一FPAコンソールの前にすわっている。モニター上にはダイアグラム曲線が表示されていた。メインティはワリンジャー・チームでもっとも有能な科学者のひとりで、専門は超空間記号論理学だ。

「ハウリ船が《ハーモニー》に発砲しました」彼女がいきなり報告した。指先がキイボードの上で踊っている。「着弾はないようです。サラアム・シインはプシオン歌唱を増幅させ、ハウリ人の精神を麻痺させています。シンセサイザーも最大出力です。オファラーはジェゼトゥに接近しすぎています」

アトランは悪態をのみこんだ。トスタンはかれの上腕を見て、その興奮の大きさを感じとった。アルコン人が右手で自分の左腕をつかむ。

「気をつけろ！　あの連中はまだ必要だ」と、銀河ギャンブラーがおさえた声でいう。「名歌手は囮《おとり》になるだけではなかったのか？　われわれがテレポーテーションでひそかにパガルに潜入するあいだ、ハウリ人の目をそらすのが目的だったはず」

「イルナとわたしが、だ」アトランが訂正する。「よけいなことは考えるな、老人。きみはここにのこって、本来の任務を遂行するのだ。任務の場所は第五十九惑星ゼレンガアだ。この話は終わりでいいな？」

トスタンは前かがみだった姿勢から背筋をのばし、左の上腕を撫でた。

「ばかをいわないでください。パガルでわたし以上に助けになる者はいません。なんのためにハウリ人に変装したと思うんです？」

「ゼレンガアでなりゆきを見守るためだ。ジュリアン・ティフラーが一スペース＝ジェットを着陸させ、乗員にちいさな橋頭堡《きょうとうほ》を建設させた。ラス・ツバイ……」

テレポーターはすでに司令室の奥に待機していた。

アトランの呼びかけに応えて片手をあげる。イルナは身をかがめて特殊装備の入った背嚢《はいのう》に手をのばし、防護服の幅広のコンビベルトに固定した。

アトランも彼女の例にならう。トスタンはまだあきらめていなかった。

「ラス・ツバイはあなたたちを送ったあと、すぐにわたしを迎えにくればいい。三人と荷物をいっしょに運ぶのは大変でしょう。そうすれば……」

「わかってもらいたいのだが」と、アトラン。「トスタン、きみはゼレンガアで充分に危険な目に遭える。向こうできみが必要なのだ！　知識権限の中枢のカルタン人連絡員であるヴィル・コンは、意味もなく氷結世界に過去からの軌跡があるといったわけではない。そこで見つかるものはパガルより多いかもしれない。イルナとわたしも見にいくつもりだが、きみにはゼレンガアに先行し、《ツナミ＝コルドバ》でわれわれを支援してもらいたい。いざというときは脱出に手を貸してもらうことになる。そんなことのできる者がきみ以外にいるか？　不満はわかるが、協力してくれ。どうだ？」

　イルナが〝生きている死体〟にほほ笑みかける。トスタンはとまどって視線を落とした。かれはこのアコン人女性を敬愛していて、彼女はそのことに女性の直感で気づいていた。トスタンが外面に殻をつくり、内面では不安を感じていることも見抜いている。自分が他者からどれほど恐ろしく見られているか、かれ自身もわかっているのだ。

「では、幸運を！」トスタンがぶっきらぼうにいった。「わたしも急ぐことにしましょう」

「サラアム・シインが《ハーモニー》で着陸機動を開始しました」メインティ・ハークロルが興奮ぎみに報告した。「なんてこと、本気でジェゼトゥに降下するつもりです！　歌声が弱くなっています」

　アトランがはげしく悪態をつき、女性科学者は驚いて顔をあげた。トスタンはにやにやしている。昔のアルコン帝国皇帝時代を知っているから。

「こんなはずではなかった！　かれはたんなる露はらいのはずだったのに。向こうでなにがあったのだ？」

　答える者はいなかった。オファラーは独自の判断で行動し、計画をだいなしにしかけていた。

「まもなく近地点です」ピッテンブルクがいった。「ジャンプするならここしかありません。惑星にはこれ以上近づけませんから」

同時にＦＰＡがＩＤ要請の緊急通信を受信したと報告。

管制側にとって、明らかにそれでは不充分らしかった。

《ハウレクス》は船のポジトロニクスが知っている信号をとっくに送信している。

「情報がたりない」ＦＰＡに接続されたトランスレーターが通訳した。「日変わりコードをくわえて、完全なＩＤを送れ」

トスタンは頭痛を感じた。遺伝子操作された脳からの、その活性化した部分に蓄えられた経験知からの警告だ。かれは迅速に、妥協なく行動した。

「ジャンプだ、ラス！　パガルの地表までの距離はおよそ十万キロメートル。この船はすぐにハウリ船団のなかに突入する。ジャンプ後二分したら、きみがもどっていなくても加速する。その場合はパガルで、イルナとアトランと行動をともにしろ。無謀な賭けはするな！　運ぶ質量が膨大だから、到着時には消耗しきっているかもしれない」

「なんとかするさ」ミュータントの声はおちついていた。「二分だな。わかった。わたしの肩に手をかけて」

「近地点まで三十秒」ピッテンブルクがいった。「この条件では、テレポーテーションできる距離が経験則と異なる可能性があります。あなたがジャンプでもどってくる前に、船は近地点を通過して遠ざかりはじめています。急いで！」

アトランはもうなにもいわなかった。トスタンの決断を正しいものとして受け入れたのだ。

三人が立っていた場所で光が明滅し、一瞬後、そこに生じた真空中に空気が流れこむ〝ぽん〟という音がした。テレポーターはふたりを連れて姿を消していた。

「時間がありません。指示は？」ＦＰＡがうながす。

「緊急スタート準備。フィールド推進装置始動、最大加速にそなえろ。臨界速度に達したらただちにハイパー空間に遷移。準備しておいた座標を船載ポジトロニクスに入力しろ！」

「帰還するテレポーターがエンジン放射の変換フィールドで危険にさらされる可能性があります」と、シントロニクスが警告。

「自分の面倒を見るのは、われわれよりもかれのほうがうまいくらいだろう。このぼろ船でうまく脱出できたら、よろこびのダンスを踊りたいところだ。どうした、メインティ？」

「要請に応じないと攻撃するといってきました。こちらのコード・プログラミングは正しくなく、ザプルシュ星系の害になりそうなものはこの場で破壊する、と。どうしてハウリ人は急に強硬になったんでしょう？　ああ、もちろん……リラアム・シインの歌がやんだからですね。すっかり目ざめてしまったようです」

　二分のタイム・リミットの三秒前、トスタンは空気の流れを感じた。ラス・ツバイが魔法のように司令室に出現。かれは疲れきっているようで、そのまま床にくずおれた。

「すべて完了」と、報告する。「全員、無事に到着しました。空から滝が流れ落ちていた。あんな大雨は経験したことがない」

《ハウレクス》のフィールド推進装置がプログラミングどおりに作動し、船を加速させた。

　同時進行圧力吸収装置の轟音《ごうおん》がはっきりと聞こえる。突然接近してきた飛翔体が輝くシュプールをのこして後方に飛び去った。パガル防衛部隊のハウリ人チーフがしびれを切らし、攻撃を開始したのだ。

　最大加速が最終段階にいたり、ＦＰＡの計算で加速度が六百八十二キロメートル毎秒毎秒になると、超光速飛行への遷移がはじまった。

　トスタンは本能的にハウリ人用成型シートの背もたれにしがみついた。ウシャアル星系に向かうため何度か試験したさいに、不愉快な目に遭っていたから。

　ＦＰＡを使ったスイッチ・インパルスの切り替えはうまくいったが、同調変動が生じてしまった。シントロニクスによる修正はハウリ船独自のシステム連携にも有効だが、超光速エネルギー流の一部が一ナノ秒ごとに減衰しているのがわかった。一ミリ秒はポジトロニクス＝シントロニクスにとって永遠に等しい。同調が乱れて自己破壊にいたる可能性さえあった。

もっとも危険なのは通常空間から上位連続体への遷移時で、それはたとえストレンジネス定数がちがっても、故郷宇宙もタルカン宇宙も同じだった。

二度の生命の危機をへて、多少とも謎が解明された。

数回の失敗があって、ＦＰＡの調整がようやくうまくいった。もう失敗は起きない。ただ、内部エラーの原因が発見され、それに対処できる乗員はハウリ人しかいないことが判明した。

ハウリ人のグラヴィトラフ貯蔵庫が関係しているのだ。テラのものにくらべるとかなり劣っていて、貯蔵容量は不安になるほどちいさく、それを使った上位空間からのハイパートロップ吸引は、トスタンにいわせれば、〝カオスなアマチュア劇団のカオスなゲネプロ〟だった。

メエコラー宇宙の銀河でなぜハウリ人がテラ製のハイパートロン吸引器と付属するグラヴィトラフ関連装置の入手に熱をあげるのか、理由はもう明らかだった。ヘクサメロンの信者がたとえば《ハウレクス》において許容していた技術的・物理的な欠陥は、テラの技術者にとっては完全な悪夢だった。

ＦＰＡがすでにはじまっていた超光速航行への遷移をいきなり中断した。

「障害があります。ハイパーエネルギー変換領域の制御不能な枯渇により、貯蔵庫から末端へのエネルギー流が停滞しています。通常エネルギー流に依存するユニットへの変換定数が確定しません。再試行しますか？」

トスタンはハウリ船の操縦士二名に目を向けた。どちらも技術訓練とツナミ教学を受けた、経験豊富な宙航士だ。

トスタンは船内通信装置のマイクロフォンを口の前に引きよせた。圧力吸収装置の音はますます大きくなっている。

「フォールバック、レジャーノ……きみたちの意見は？　危険を冒すべきだろうか？」

沈着冷静で知られるずんぐりしたテラナー、ラコ・レジャーノがＦＰＡ操作卓から顔をあげた。

「亜光速でのろのろ進みたくないなら、やってみるしかないでしょう。ゼレンガアの位置がよくないですね。ほぼ遠地点、楕円軌道上のなにもない空間の奥深くにあります。ここから十七光時くらいです」

ハーム・フォールバックがうなずいて確認する。

ＦＰＡの画面では、まだ警告の赤い表示が点滅していた。実際に船の管理システムからも報告があったが、警告表示を消すことはだれにもできない。トスタンにわかるのは、奇妙な高エネルギー貯蔵庫の残量が、さまざまに色の変化するらせんでしめされていることだけだ。

これ以上遷移を遅らせると命に関わる。探知の結果、《ハウレクス》は高速の敵部隊に追跡されていることがわかった。向こうにはどのタイミングでどのボタンを押せばいいかわかっているという強みがある。

「ＦＰＡ、障害を排除、あるいは迂回できるか？」と、トスタン。ＦＰＡはすぐさま反応した。

「超光速プログラミングをテストしました。いままで知られていなかった予備結合回路が存在します。ハイパーエネルギー変換領域内のエネルギー減衰は機械的な損傷が原因です。船載ポジトロニクスは修理ロボットを要請しています」

「ロボットは船外投棄した。どう動くか予想できないものを船内に置いておくのは危険だから。緊急結合に切り替えろ。できるな、ＦＰＡ？」

「当然です」シントロニクスの口調には……聞く者の耳には……傲慢さが感じられた。

ポージーの笑い声が聞こえ、トスタンはさっと顔をそちらに向けた。スヴォーン人のキュウリに似たからだは、ＦＰＡの主入力卓の前に急いでとりつけた特殊シートにおさまっている。マイクロ技術者の四つのちいさな手が操作パッドの上をすばやく動きまわった。

そのからだの細くなった先端部にある人形のような顔は、大きな両目がとくに目立つ。いま、その目は役にたちたいという熱意に輝いていた。

「ぴいぴい声で叫んでもなんにもならない」と、トスタン。「FPAはきみの指示どおりに接続したんだ。しっかり機能させろ」

「親愛の笑いですよ。つっけんどんにしてないと気がすまないんですか？　すばらしいわが種族の手になる傑作は、つねに問題の解決に役だちます」

「〝わが種族〟ではなく、シガ星人だろう」トスタンが無愛想に指摘する。「くそ、スヴォーン人が本気になれば、気づく者さえほとんどいないはず。回路はいつ確立できる？　ハウリ人が近づいてきている。この船の防御バリアのあつかいはわかるか？　わかるなら、すぐに展開しろ」

「それには予備エネルギーが必要です」FPAがすぐに指摘した。「あなたがタンクの使用に同意するならですが。事前に！」

「意向を聞いてもらえるとはすばらしいな。いや、タンクの使用はなしだ。やたら時間がかかるし、中規模の新星並みの放射が漏れ出るから。急げ、キュウ公。できるだけFPAに手を貸すんだ！」

　ピッテンブルクが計算を終えた。結果が一モニターに表示される。

「追っ手が二秒半のあいだ超光速飛行すれば、われわれの前方に出られます。回避機動は無意味です」

トスタンは頭蓋に独特の刺すような痛みをおぼえた。遺伝子改変された有機コンピュータ記憶脳が立ちあがり、多重テラビット記憶中枢から映像をとり出したのだ。データの取得にトスタンの意志は関係ない。

視界にヴェールがかかった。考えてもいない場面が網膜上にうつし出される。脳の活性化した部分が要求したデータだ。

ハウリ船が二隻、いきなりテラの球形宇宙船の前に出現し、攻撃を開始した。その宇宙船はトスタンがグリゴロフ事故の結果タルカン宇宙に転移したとき乗っていた《ツナミ３２》だ。それを思い出すだけでずいぶん時間がかかった。

多重テラビット記憶中枢の映像はあまりにも迫真的で、かれは思わずうめき声を漏らした。すでに傷だらけのツナミ艦の外殻をぎらつく集束エネルギーが直撃し、さらに手ひどく傷つけていく。

網膜上に投影された映像はあらわれたときと同じく突然に消え去った。見えていたのはほんの数瞬だ。

視野が通常にもどると、目の前に神経プシオン学者のロドニナ・コスナトロワの顔があった。頭を撫でられているのを感じる。彼女の顔には笑みが浮かんでいた。

ロドニナはトスタンをおちつかせることができ、かれの記憶の探索が最悪の段階にあるとき、つねにかれのそばにいた。

「ストレンジネス痛？　もうおさまったはず。それとも、ほかになにかあるの？」

「なんでもない、ただの記憶だ」銀河ギャンブラーが重苦しい息づかいで答えた。「すわって、ハーネスを装着しろ！　ハウリ人は前方に出現するはず。前回はそうだった。ピッテンブルク、どうすれば超光速航行に入れる？　なにか方法を考えろ」

　最後の言葉は無理におちつきをよそおったもので、ＦＰＡさえかれの態度のおかしさに気づいたようだった。

　ハウリ船の大型スクリーンには白い惑星がちいさな光点になってうつっている。そこに二重恒星がうつりこんできた。探知スクリーンには数百個の光点が見える。現実に脅威となる存在だ。

　ポージーがＦＰＡのリスク回避回路を解除した。今後は安全確認テストが終わっていなくても、必要なインパルスを入力できる。

　ＦＰＡの前面で赤い警告灯が点滅した。同時に中規模の構造ショックを探知する。《ハウレクス》の行く手に四、五隻の宇宙船が出現した。論理的な行動だ。ほぼ同じ速度で逃げる相手に追いつけないなら、その前方にジャンプすればいい。

　フィールド推進装置がグリーン表示になる。通常エネルギーで作動する付属装置が第四段階の警報を発したが、もう気にする者はいなかった。ハウリ船では警報の基準が異なる。誤報は甘受するしかなかった。

「距離三光秒。直撃射程内です」と、メインティ・ハークロルが報告する。

異質な計器に点灯する光の意味は今回も判然としないが、《ハウレクス》のシステムが上位空間への遷移を開始したのはたしかだった。

高エネルギーの解放にともなう轟音が司令室に轟《とどろ》いた。

ハウリ人は原始的な段階のハイパートロップ吸引技術とその貯蔵能力に見合わない、高度なハイパー・エンジンを使用していた。強力な通常エンジンとハイパー・エンジンをそなえていながら〝それなりの〟エネルギー供給技術しか持たないというのは、なんとも理解しがたい。

ハウリ人の超光速エンジンはテラのメタグラヴ・エンジンに似た働きをするが、推力は旧式のリニア・エンジン程度しかないらしい。

船体はトスタンが〝ハウリの鐘〟と呼ぶ防御バリアにつつまれ、通常空間の影響から切りはなされている。純粋なカルプ式補正フィールドでもグリゴロフ層でもないが、目的は同じだ。

テラの両方式と大きく異なるのは、その推力だった。フィールド推進装置の作動方式自体はそれほどちがわないが、通常の歪曲定数に対して船体を支えるのではなく、〝ハウリの鐘〟がつくり出す小宇宙に対して支えるようになっている。そのプロセスはまだ充分に解明されていないが、ここでもまた時間がたりなかった。

トスタンは捕虜にしたヘクサメロンの信者たちからハウリ船の計器表示をいくつか聞き出し、連続体防御の構造を記録していた。

そこそこうまくはいっている。ＦＰＡが管理する非常システムは充分うまく機能していた。だが、それだけだ。

明らかに付属装置の酷使が原因のはげしい騒音を発生させながら、《ハウレクス》はなんとか上位空間に遷移した。

映像に幕がかかったかと思うと、すぐに表示が切り替わった。通常空間のどす赤い色は消え、二重恒星のウシャアルがくっきりと見えてくる。スペクトル領域のひずみも消えていた。

この五次元上位空間で、本来の姿がふたたび見いだされたかのようだ。死にゆく宇宙の収縮はハイパー空間に影響をおよぼさないらしい。どす赤い光は四次元的な現象ということ。

「第五十九惑星ゼレンガアまでの飛行時間は二分半です」と、ＦＰＡ。「航行時はエンジン出力を絞る必要があります。高速での超光速飛行には貯蔵能力がたりず、動作条件が満たせません。船載ポジトロニクスが要請している修理は大至急実施すべきです」

ピッテンブルクが平手でＦＰＡの外殻をぴしゃりとたたいた。トスタンがにやにやしながらかぶりを振る。ピッテンブルクがそんな態度を見せることはめったにないから。

「どうやって修理しろと？」

「特殊プログラミングされたメンテナンス・ロボットがあります」

「隙のない論理ね」メインティがいい、額にかかった短いブロンドの髪を、首を振って跳ねあげた。「おちついて、アダム。シントロニクスはつねに正しいわ」

「すばらしいわが種族の設計ですからね」ポージーの声は可聴域ぎりぎりだった。「《バジス》の科学者たちだけで設計したというのは誤解です。まったくもって腹立たしいし、断固として……」

　雷鳴のような破裂音が轟き、あとは聞きとれなかった。だれがあの複雑きわまりない異プログラミング・アダプターを設計したのかについて、トスタンは無関心だ。

《ハウレクス》はいきなり通常空間にもどっていた。〝ハウリの鐘〟が消滅したのだ。

　スクリーン上にはふたたび、縮みゆく宇宙のどす赤い光があらわれていた。

　それ以上に重要なのは、前方に冥王星ほどの大きさの惑星が見えていることだった。

　遠隔探知したデータをＦＰＡがすぐに分析し、それがウシャアル星系の第五十九惑星と判明。

　この巨大星系のはずれでは、すでに恒星間のなにもない空間がはじまりかけていた。

惑星ゼレンガアは虚空にぽつんと浮かんでいて、主星の二重恒星ははるか遠くの淡い光点にしか見えない。

技術的な支援がなければ、とても生命の存在できる場所ではなかった。

それぞれの持ち場で計器を監視している乗員からの報告がとどく。

通常空間にもどってすぐ、目的ポジションからそう遠くない位置に実体化したことはわかっていた。ゼレンガアまでの距離はほんの四十六光秒だ。

くわえて、探知スクリーンには十二個の光点が表示されている。ＦＰＡによる同定で、モニター上に大型球形宇宙船のコンピュータ画像があらわれた。それはこの遠征隊のトスタンの乗艦である《ツナミ＝コルドバ》だった。

ピッテンブルクは銀河ギャンブラーを見やった。かれは冷や汗を拭《ぬぐ》うかのように、額を手の甲でこすっていた。

六百年以上前に汗をかくことがなくなったトスタンだが、それは身に染みついた習慣的なしぐさだったのだろう。

2

「……恒星が爆発するような轟音とともに到着したな」アトランの副官の立場にいるジュリアン・ティフラーが挑発した。「いまは高集束インパルスにしたがえ！　《ツナミ＝コルドバ》にまっすぐ向かわないと、また探知されるぞ。いまのところ、ハウリ人の計測ステーションはきみのぼろ船が爆発したと結論しているようだ。そう信じさせておきたい。絶対に送信機を作動させるな」

ラトバー・トスタンは長身のテラナーの映像に向かって笑みを浮かべた。そのあとピッテンブルクのほうを振り返る。

「アダム、ティフはわれわれがたんにフライにされて煮こまれてるだけじゃなく、まったくの阿呆だと思っているらしい。それとも、きみなら船の設計図を送信するか？　そうだとしたら、海より深く恥じ入るべきだ」

「つまらない冗談はもういい！」ティフラーが憤然と叫んだ。「こちらは恐怖で血の汗を流しているんだ。きみたちが出現したさいの構造崩壊によるハイパーエネルギーの大波で、《ツナミ＝コルドバ》は大揺れだった」

トスタンは眉間《みけん》にしわをよせようとしたが、できなかった。干からびた皮膚にそんな動きは不可能だ。

「大揺れ？　エンジンが故障したハウリ船に乗ったことがありますか？　そんな船でハイパー空間を航行したことは？　ない？　だったら、わが至高者、あなたはわれわれが会合ポジションに到着できたことをよろこぶべきだ。忠告させてもらえるなら、あとの二隻の鹵獲船は破壊したほうがいい。あなたが思っているほどうまくは動かないから」

ティフラーはすぐさま自制した。

「謝罪しなくてはならないな、きみたち全員に」と、なだめるようにいう。「ま、起きてしまったことはしかたがない。きみたちが発生させたハイパー衝撃波を、ハウリ人が事故だと思ってくれることを期待しよう。ここ、ウシャアル星系のゼレンガア領域は、これまでずっと不安になるほどしずかだった」

「なぜです？」と、トスタン。

「理由は推測しかできないが、このところずっと監視船があらわれていない。ハウリ人は氷の惑星を疫病のように避けているらしい。《ツナミ＝コルドバ》のスペース＝ジェット一機に三名を乗せ、偵察隊として地表に派遣したが、妨害もなければ誰何《すいか》もなかった。数千体のロボットを探知していたのだが。エネルギー放射から見て、存在するのはまちがいない。なんとも奇妙だ」

「背筋が寒くなります」トスタンは特有の勘が働いたようだった。「橋頭堡を設けたんですか？　アトランがそんなことをいっていましたが、わたしはその計画を聞いていません」

「きみは《ハウレクス》で手いっぱいだったからな。偵察隊をゼレンガアに送りこむという決定も、この宙域にいるのがわれわれだけで、ヘクサメロンの信者がまったくいないとわかったからできたことだ。気にいらないのか？」

トスタンは心ここにないかのようにちいさな画面を見つめていた。使っているのは可搬式のハイパー通信機で、ＦＰＡに接続されている。

トスタンを知る者なら、かれがほかのテラナーとちがい、つねに意識を覚醒させ、考えつづけていることを承知している。

トスタンはきわめて論理的な人間と考えられていた。かれが立てる計画とそれにしたがった行動は、つねに驚きの的だ。

ティフラーは辛抱強く待ちつづけた。かれはこの元ＵＳＯスペシャリストのことを、べつの意味でもよく知っていた。

骸骨のような男は咳ばらいして、ひとさし指をアダム・ピッテンブルクに突きつけた。

「かれがいうには、ウシャアル星系のにぎわいに対して、蟻塚には活気がないそうです」トスタンがからかうようにいう。「友よ、ある種の墓のような静けさに触れると、わたしはつねに深い疑念をおぼえます。ふつうなら偵察隊はとっくに探知されているはず。ゼレンガアを船で周回するときは充分に距離をとっていたでしょうが、だから探知できないということにはなりません。異インパルスの分析はどうなっていますか？」

「ネガティヴだ。だれもこちらを探査、誰何、あるいはそのほかの、分析可能な行動を見せていない。きみの比喩は的確だ。墓のような静けさがあまりにも大きい」

「とんでもない話です！」トスタンがよく使ういいまわしだ。「わたしは知識権限の中枢の連絡員、カルタン人のヴィル・コンのことを考えていました。トランス状態のようななかでかれが口にしたヒントに、この荒涼とした惑星のこともありましたから。それによると、死と破壊の傷痕が分厚い氷の層の下にのこされているそうです」

「あるいは、かれが過去からの軌跡にたとえた、ある事象の痕跡だな。トスタン、なにを考えているんだ？　わたしはきみの帰還を待っている。アトランとイルナは当面、パガルで忙しくしているはず。しばらく時間がある。それで……？」

　トスタンはまたしても焦点の合っていない目つきになった。メインティ・ハークロルがじっとかれを見つめている。この奇妙な男の遺伝子操作された脳内でなにが起きているのか、考えているようだ。ふつうなら眠っている部分の大脳皮質が、トスタンの場合は子供のころから遺伝的に活性化していた。そのため、かれの発想は通常の人間とは異なっている。

「宗教的な聖域、偉業の記念の地、偉人の埋葬地など、設置者が立ち入りを認めない場所には、通常、部外者の侵入を排除する仕掛けがあるはず。部外者を送りこむなら、慎重になる必要があります」

ティフラーは突飛な解釈を予想していたので、その言葉に驚きを感じた。

だが、質問しようとはしない。すぐに説明があるだろうから。実際、トスタンはすぐに顔をあげた。目には光がもどっている。

「わかりやすいインターコスモでいうなら、墓泥棒と寺院荒らしは用心してかかれってことです。橋頭堡から送り出した三名に、接触も攻撃もなかったんですか？」

ティフラーは両腕をひろげた。なすすべがない、という思いが伝わってくる。

「それをたしかめたかったのだ。最初は惑星を周回して、各種の測定を実施していた。なにも起きなかったので、着陸して仮設基地を設置させることにした。なにか気にいらないことがあるのか？」

トスタンはいわくいいがたい声をあげ、衝撃的なほどあけすけに本心を吐露した。

「かれらは窮地におちいるでしょう。いまのところ自制しているようですが、いずれがまんできなくなって大胆な考えに走り、現状を無視した行動を起こすはず。その結果、かれらが認識していない要素が解放される。ロボットは任務をあたえられてそこにいるわけです。いまは墓荒らし行為を傍観しているとしても、それはまだいたずらが限度をこえていないからにすぎない。いつかは動きだすことになります！」

ティフラーは言葉を探しているようだったが、出てきたのは思いがけない言葉だった。

「また面倒な考え方をしているのか」そういって、曖昧《あいまい》な笑みを浮かべる。「ゼレンガアが墓標だという考えはどこからきたんだ？　そんなことを示唆《しさ》する状況はどこにもないんだが」

「わたしの考え方が異質だからです」と、銀河ギャンブラー。「マンモンにかけて、そんな目で見ないでもらいたい！　真剣な話です。ヴィル・コンの陳述は根拠なく出てきたものではありません。裏に秘密がかくされているんです。どうしてこの惑星はヘクサメロン信仰にとって無意味なのか？　通常はすばやく行動するハウリ人が、なぜここにはあらわれないのか？　地表にはだれを送ったんです？　直感の鋭い、経験豊富な者でしょうね？」

ティフラーの映像が変化した。シートの背にもたれ、成型シートの一部が見えるようになる。

「直感ね！」皮肉っぽい口調だった。「そう聞いていればな」

「直感はすぐれているんでしょう？」トスタンが重ねてたずねる。「経験の浅い者はとりかえしのつかないミスをおかしがちです。腕のいい者は、たいていいくつか逃げ道を用意しています。直感といっているのはそういう意味です」

　ティフラーはわざとらしい笑みを浮かべた。

「いかにもラトバー・トスタンらしい解釈だな。選んだのはきみが訓練して、独立心が強いと判断された二名の技術科学者、アアロン・シルヴァーマンとアリ・ベン・マフルだ。もうひとりも知っているはず。きみの考えに合致していたから。名前はユーリ・カッチェンコだ」

「狩人のカッチェンコですか」トスタンが考えこむ。「やはりトラブルが生じると考えていたわけですね。かれがひそかに仲間を護衛する。だいぶ見通しがよくなりました。提案が聞きたいですか？」

「すでに聞きたいといったろう。事態を複雑にしないでもらいたい」

「きっとよろこばしいジャンプになります」と、銀河ギャンブラー。「わたしは調整機動中です。《ハウレクス》は修理が必要なので。〈歌の歓び〉作戦の前に船内から運び出したロボットを準備しておいてください。追加装備も必要です。反撥フィールド・プロジェクターを積んだ探査車輌、荒涼惑星用装備、それと飛翔機能つきのミニFPAも。《ツナミ＝コルドバ》はわたしの指示にしたがって偽装してもらいます。〝最後の六日間〟の記章を、だれかがそっくりに描いてくれるでしょう」

　ティフラーが身を乗り出し、顔が大映しになった。

「正気なのか？　ハウリ人を騙して、鹵獲船を着陸させる気か？」

トスタンは笑った。その目の輝きだけでティフラーには充分だった。

「だれがそんな原始的なことをします？　ふつうのハウリ人？　いや、あなたには〝最後の六日間〟から全権を託された、ヘクサメロンのハウリ人監察官と話をしてもらいます。どうってことないでしょう？」

ティフラーは懸命に平静をたもとうとした。背後に立っていたハイパー物理学者、ロンベ・マッシモが悪態をつく。

アダム・ピッテンブルクはトスタンの顔を見つめ、ロドニナ・コスナトロワはなんとかかれの注意を引こうとしたが、だめだった。

「監察官？」ティフラーがショックをかくしきれないままくり返す。「ギャンブラー、ここはきみが惑星レプソに建設した、悪名高いカジノの賭けテーブルの前ではないんだ。そんなブラッフは認められない」

「それはあなたが素人だからですよ」と、トスタン。「いいブラッフというのは、うまく仕組まれたリスクにすぎません。ゼレンガアにいる三人はトラブルに巻きこまれるでしょう。それは確実です。それとはべつに、下でなにが演じられるのか見てみたくもあります。われわれはいま、通常エンジンが正常に動作することを期待して速度をあげています。うまくいかなかったら、そちらでもわかるでしょう。気分が悪いんですか、ティフ?」

「もう長くはかからない。ロドニナがきみになにかいいたがっている。どうして気づかないんだ?」

「またまちがっていますよ。彼女の手が肩にかかっているのは感じてます。わたしのような男は、こういうめったにない触れ合いをできるだけ長く楽しみたいんだと、どうしてわからないんです?」

ティフラーはこのテラナーを理解しようとするのをあきらめた。かれのなかから出てくる思いつきは、かれの運命と同じくらい尋常ではない。かれが特定の状況下でなぜそんなふうになるのか、確実に知ることはだれにもできないだろう。

「では、報告します」ロドニナの声が響いた。「テレポーターのラス・ツバイを計算に入れることはできません。もう計算に入れているのかもしれませんが、いまは昏睡状態で、《ツナミ＝コルドバ》の医療センターで緊急の治療が必要です。ハウリ船からの帰還時、なんらかのハイパー指向性変換フィールドの影響を受けたようです。このことはＦＰＡも警告していました」

トスタンはロドニナの白髪交じりの頭髪を見おろした。このゆゆしい報告に対する反応はいかにもかれらしいものだった。

「切り札が一枚減りましたね、ティフ！　この宇宙ではミュータントも楽じゃない。機動を開始します。橋頭堡との通信はできてるんですか？」

「いまはしていない。探知されたくないから。必要があればいつでも可能だが。きみの到着を待っている。以上！」

3

ポージー・プースがミニ飛翔装置でメインティ・ハークロルの席まで飛んできて、四つの手で彼女のコンビネーションにつかまり、キュウリ形のからだを引きあげて、口を彼女の耳もとに近づけた。

「メインティ、きみはわたしのことを、わたしがきみを愛するのと同じくらい愛しているかい？」と、さえずり声でたずねる。

超空間記号論理学の専門家は笑みをおさえた。ポージーは彼女の言葉を真剣に受けとり、ふさわしいお返しをしたいと思っていた。

「もちろんよ」と、メインティ。「どうしてそんなにこそこそしてるの？」

「振り向かないで。かれに見られたくないんだ、絶対に」ポージーが念を押す。「わたしの声は聞こえる？」

「まったくもって、よく聞こえるわ」彼女は相手の口癖を使って答えた。「かれって……だれのこと？　トスタン？」

「そうとも！　大きな友はわたしの忠告にしたがわない。ほんとうに嘆かわしいことだ。かれはとんでもなくばかなことをしようとしてる。心配じゃないわけがない！　そうは思わないか？」

彼女はポージーのかわいい顔を見た。慎重に、足がかりを探すかれの足を片手で支える。

「思うわ」メインティは断言した。「あなたは環境適応スヴォーン戦士なんでしょう。なにを心配しているの？」

「ありとあらゆることを」ポージーが不満げにいう。「わたしの大きな尊敬すべき友は、ハウリ人の連絡員を完璧には演じきれないだろう。そうなったらすべてが崩壊する。きみは美しくて親切で賢明だ。かれを説得してくれないか？　わたしの言葉には耳を貸さないから」

メインティは目立たないように周囲を見まわした。ラトバー・トスタンは≪ハウレクス≫の司令シートにすわっている。目の前のシンボル表示が明るくなっているが、内容の理解は五日前からほとんど進んでいないだろう。きょうは四四七年十一月十七日だ。

ふたりの宙航士の片方、ハーム・フォールバックが問うような視線を彼女に向けた。メインティは首を横に振り、あらためてスヴォーンに向きなおった。

「無理よ、ポージー。かれの性格は知ってるでしょ？」

「もちろん、知りすぎるくらい知っている。過大なリスクをとろうとするんだ。たのむから、話をしてみて！　いまならまだ引き返せる」

「手遅れよ。見つかったわ」

「おしゃべりなスヴォーンは大人気だな」トスタンのしわがれ声が聞こえた。「必要な回路は自分で自分の面倒が見られるってことか？」

「悪意ある不作法です！」ポージーが甲高《かんだか》い声でいい、四つの手でメインティの肩を押しやった。「自分がすべきことはよくわかってます」

「じゃあ、さっさとやれ。メインティ、きみは本気で任務に反対するつもりか？　ポージーがもとめていたのはそういうことだが」

　ポージーが超音波領域で抗議の声をあげ、ＦＰＡの筐体の前にある自分のシートに向かって飛翔した。

　トスタンはおさえた笑い声をあげた。ポージーとはたがいに長いつきあいで、相手のことはわかりすぎるくらいわかっている。ストレンジネス・ショックの地獄を何度かいっしょにくぐり抜けてきたのだ。

「それでいい、スーパー戦士！」ギャンブラーはにやにやしている。「おとなしくして、できればわたしがきみにどんな影響をあたえたか説明してくれ」

「とんでもなくひどい影響ですよ」ポージーが気分を害したようにさえずる。「よくハウリ人のコンビネーションなんか着用できますね。まったくもって不作法です」

銀河ギャンブラーは自分のからだを見おろした。コンビネーションに〝最後の六日間〟の記章がついているのが、急に不適切に思えてきた。

「ほんもの以上にほんものらしいものはない」と、ポージーに向かっていう。「なにしろこれは《ハウレクス》のほんとうの船長のものだ。かれは……あとでわかったが……もっと大規模な船団のチーフも兼ねていたらしい。このコンビネーションに、われわれには検知できない特異性が備わっていないといえるか？　色だけ見てもほかのハウリ人のコンビネーションとはちがっている。黄金色だし、記章もとりわけ強く輝いている。しかもわたしのからだにぴったりだ」

かれはメインティの疑わしげな視線に気づいた。

「あら！」

「それだけか？」と、トスタン。「想像力はどこに行った？　超空間記号論理学者には必要なものだろう？」

「あなたの決断は穴が多いんです。たとえば、ハウリ人のコンビネーションに有害な微生物が付着してるかもしれない」

「すばらしい！」トスタンはひとしきり笑ってから咳ばらいした。ブロンドのテラナーにもうすこし音楽的な声で答えられないことを気にしていて、メインティもそのことに気づいている。

「もちろん消毒はしたんでしょうけど」彼女が急いでつけくわえる。「それとはべつに、ハウリ人のロボットが色の違いに反応するとは思えません。ですけど、ええ、ほんものを使って悪いということはないでしょう」

「謎めいた放射は検知されていません」と、アダム・ピッテンブルク。「特異性などありませんよ」

トスタンは満足そうにうなずいた。乗員たちもおちつきをとりもどす。

ティフラーの艦隊は探知画面上のいくつもの光点として見えているだけだ。十二隻が第五十九惑星を遠い軌道で囲繞《いじょう》している。一方《ハウレクス》は楕円状のらせん軌道を描いて徐々に惑星に接近していた。

鹵獲船の大型スクリーンにはもう白くきらめく巨大な氷惑星がうつっている。ゼレンガアの大気ははるか昔に凍結していた。ヒューマノイドがそこで生きていくには技術的支援が不可欠だ。

「あと三分で送信ポジションです」ＦＰＡが報告した。「エンジン出力は充分で、主システムは亜光速航行状態です」

ＦＰＡはそのシステムがハウリ人のロボットに修理されたことを告げる必要はないと判断したようだ。トスタンはロボットの作業をいかにも不安そうに監視していた。だが、どうやらいい仕事をしてくれたようだ。

　あらためて光点に目を向ける。ティフラー麾下《きか》の最後の三隻が惑星の陰から出てくるところだった。

「送信準備」と、トスタン。「ポージー、目をはなすな！　船の送信機は完璧に機能する必要がある。注入するエネルギーは、この短距離で理性的な存在がふつうに費《つい》やす量に限定しろ。多すぎると疑念を招く……相手はゼレンガアのロボットだけじゃないぞ！」

　メインティはトスタンの見識を認めるしかなかった。実際、些々《ささ》たることまですべて考慮しているようだ。そういう細かい点が……かれがいうには……ことの成否を根本的に左右するのだとか。全体像はだれでもわかるが、細部まで目がとどく者はそうそういない。

「全方位アンテナ作動します」ピッテンブルクが緊張して告げる。「一光時以内ならだれでも受信できます」

「危険は承知の上だ。ポージー、映像プログラミングを作動させて、トランスレーター機能を監視しろ。実行」

　計算された軌道ポイントに接近して、トスタンのお気にいりのゲームがはじまった。目的はゼレンガアにいるロボットを待機場所からおびき出すことだ。危険を冒して未知構造物に呼びかけることはしたくない。ロボットのプログラミングに設定されているはずの認識信号がわからないから。ハウリ船の外観だけでは充分とはいえない。ヘクサメロンの連絡員は完璧でなくてはならなかった。

この計画はそれでなくても弱点が多い。そのひとつはハウリ人の言語だった。ある程度マスターしている者がまだひとりもいないのだ。

だからトスタンはハンガイ銀河の共通語を使うことにした。これならかれは流暢《りゅうちょう》に話せるから。

ハンゴル語は銀河系のインターコスモに相当し、ハンガイ銀河の全知性体が理解でき て、母語のいいまわしが大きく異なるハウリ人も使用している。

ゼレンガアのロボットがどちらの言語を話すようプログラミングされているかはわからないが、ハンゴル語が理解できる可能性は高いだろう。

トスタンはリスクを承知の上だった。長い時間をかけて議論したのだ。いまや賽《さい》は投げられた。

メインティは生じるかもしれない蹉跌《さてつ》を考えた。ゼレンガアのことはほとんどなにもわかっていない。トスタンは七日前に着陸した三名の偵察隊と話をして、その弱点に対処しようとしている。

「橋頭堡に短インパルスを送信しました」メインティが報告する。「偽装送信に同期した指向性ビームです」

トスタンがうなずいて確認。ＦＰＡのグリーンのランプが点灯し、ポージーが送信を実行した。

ハウリ人の受信機では捕捉できないふたつのスクリーンに、船のアンテナから送信された映像がふたたびあらわれた。

呼び出しインパルスが送出され、《ハウレクス》の大型前面スクリーンが明るくなる。〝最後の六日間〟のシンボルが表示された。その下でべつのシンボルも輝きだすが、それを表示する合理的な理由はない。

それは大昔にトスタンがつくったマンモンの護符だった。前面には一万ソラー紙幣が描かれている。かれはそれを監察官の記章として使っていた。ロボットがその意味に気づいたとしたら、それもまた運命だ。うまくすればロボットの論理回路がホワルゴニウムの外殻と、自分たちの同類のマイクロ・ポジトロニクスに先に目を向けるかもしれない。最新のシントロニクスにくらべると旧式だが、ゼレンガアのマシンがどんなものか知っている者には……トスタンの印象だが……むしろしっくりくるだろう。

護符の映像には後光が射している。数秒後、大型スクリーン上にジュリアン・ティフラーがあらわれた。制御モニターにはトスタンの姿がうつっている。胸には見まちがいようのない〝最後の六日間〟の記章があり、首からは鎖でマンモンの護符が下がっていた。

トスタンが話しはじめると、メインティが橋頭堡の三人に向けてごく短いメッセージを送信した。内容は広範囲にわたるが、インパルスの継続時間はほんの一ミリ秒にすぎない。タルカン遠征隊の専門家たちによる、ピンポイントを狙う傍受不能の指向性ビームだった。スペース＝ジェットの位置はわかっている。

トスタンはできるだけ低い声を出そうとつとめた。そのほうがハウリ人の可聴域に適合するから。声がしわがれている理由はいくらでも考えられる。重要なのはハンゴル語の習熟度だ。

「〝最後の六日間〟の戒律の告知者にしてヘクサメロンから全権を委任された監察官であるヘクストン・メルから、エスコート船の船長ティフ＝ラーへ」スピーカーから完璧なハンゴル語が響いた。

ティフラーのほうも準備はできていた。何日もかけて、あらかじめ決めてあるハンゴル語の台詞を練習してきたのだ。

「告知を拝聴します」発音はやや悪いが、それがいかにもハンゴル語を共通語として学んだハンガイ銀河の知性体を思わせる。

「きみの船はわたしだけに通過が許された過去軌道に近すぎる。周回軌道をひろげて、敬意ある距離をとれ」

「したがいます、告知者」

トスタンが片手をあげると、ポージーがもう一度ふたつのシンボルを表示して、スイッチを切った。

「船団が速度をあげました」FPAが報告する。「大きなエネルギー放射です」

「早すぎます」ピッテンブルクが興奮した声をあげた。「乗員が命令にしたがうには、多少とも時間がかかるはず」

トスタンが振り向くと、かれは黙りこんだ。銀河ギャンブラーはいつも以上にハウリ人そっくりだ。すっかり役になりきっているようだった。

「黙れ、アダム！　ヘクストン・メルの命令にはだれもが即座にしたがう。ロボットはプログラミングとその論理だけにしたがって、そのように反応するはず。かれらはきみとちがって、考えこんだりしないから」

ハイパー物理学者は疑わしげに両手をひろげ、唇を引き結んだ。その雰囲気を救ったのはメインティだった。

「バースト信号を受信しました。スペース＝ジェットのシントロニクスがナノパルス入力を確認。盗聴の危険はありません」

トスタンはシートから立ちあがった。《ハウレクス》はまだ二重恒星ウシャアルの第五十九惑星を周回しているが、その熱エネルギー流の影響は弱まっていた。

乗員たちの視線が大男を追いかける。遺伝子改変されたその脳のなかで、どんな考えが渦巻いているのか。

〝ヘクストン・メル〟という偽名は遠征隊の科学者たちがさまざまな視点から検討して決めたものだ。トスタンはかれらが〝ヘクス〟という音節をつけくわえたのが適切だったのだろうかと疑いはじめていた。

ティフラーのヒューマノイドの外見も疑問だったが、ゼレンガアのロボットはハウリ人と認識するかもしれない。いまはできるだけ急いで情報を収集する必要があった。トスタンがクロノグラフに目をやる。送信のあと、まだ数分しか経過していない。かれは超空間記号論理学の専門家を見やった。

「着陸した偵察隊員に呼びかけがとどいていないんじゃないか？　スペース＝ジェットはかんたんな装置でも見逃しようがない。独自の放射はいうまでもなく」

「応答はありません。じゃましないでください。まだ岩に紛れてうまくかくれています。記録は細かく見てみました」

「だが、位置はわかっているはず。呼びかけるのと、着陸を黙認するのと、事前に探知するのは、それぞれべつのことがらだ」

メインティはかれに向きなおった。

「はっきりしたことはだれにもわかりません。あなたもよく知っているはず。いずれにせよ、かれらは降下し、シントロニクスはこちらからのバースト信号の受信を確認しています。スキッパー、焦《あせ》ってもしかたありませんよ」

トスタンは吹き出した。〝スキッパー〟とは《ツナミ＝コルドバ》の乗員がトスタンを呼ぶのに使っている表現だ。その乗員のうち二名が、いまは謎の惑星の地表に降りている。

「軌道上にとどまれ。接近するな」と、トスタンが最終的に決断。「なにが起きるか、なにごとかが起きるか見てみよう」

「なにも起きなかったら？」と、ラコ・レジャーノ。

銀河ギャンブラーは首をかしげて考え、こう答えた。

「そのときは、わが至高者、ヘクサメロンの監察官はロボットが停止していると判断し、そのまま着陸する。下のマシンがどれくらい長くあそこにいるか、考えたことはあるか？　数十年、それとも数万年？　その間、ハウリ人の専門家がメンテナンスしていたのか、それとも自分たちで順番にオーヴァホールしていたのか？　ハウリ人はゼレンガアの周辺宙域を徹底して忌避《きひ》している。あたりには一隻の船も見当たらない。つまりロボット監視員は、忘れ去られてはいないにしても、自分たちだけでやってきたと解釈できる。だとすると、どうなる？」

「あちこち故障しているでしょうね」と、レジャーノ。「ロボット機器の自己修復は非常にうまく機能しますが、長期間になると細かいエラーが出てきて、そこから連鎖的に、さまざまな故障が発生しますから」

「ヴィル・コンがいった〝過去から通じる軌跡〟という言葉は長期間を示唆しています」メインティが口をはさむ。「ロボットががらくたになっているのを期待するわけですか？」

「警戒は必要だがな」と、トスタン。「危険の存在を過小評価することはできない。がらくたに近い状態のマシンのほうが、まともに機能しているマシンより危険なこともある。ろくにメンテナンスされていないロボットは予想がつかないからな」

4

「うまくいくわけがない」テラナーがぼそりとつぶやいた。

ユーリ・カッチェンコはポルレイター侵攻のさいにロナルド・テケナーが組織した特殊部隊〝自由狩人〟の数すくない生きのこりだ。部隊は一匹狼の集まりで、カッチェンコはいま、七十八歳という男盛りだった。

最新のツナミ・スペシャル・セランの透明ヘルメットは狩人の視界をいっさいさえぎらない。

左を見ると、険しい山々の氷におおわれた山頂が惑星ゼレンガアの空にそびえている。遠い二重恒星ウシャアルの光より、死にゆく宇宙のどす赤い光のほうが目立っていた。目の前にひろがる岩の平原に氷はなく、そこらじゅうに砕けた岩が散乱している。そのすべてをおおいつくすのは、ＴＳＳのすぐ外側でチャンスをうかがう死の気配だった。

カッチェンコは生命にきわめて敵対的な、大気のない天体に滞在して心が乱れるような男ではなかった。状況をありのままに、冷静に受けとめている。

真の脅威はブルーグレイの不恰好な金属塊と、同じような色のプラスティック・セグメントだった。数分前、氷におおわれた峡谷から平原のはずれに滑り落ちてきたものだ。それらの動きは不器用で、コントロールできていない印象があった。エネルギー反撥フィールドが不規則な間隔で故障するらしく、そのたびに金属塊がはげしく地面に衝突している。

大気があれば大きな音が聞こえただろうが、ここでは音感センサーに反応はない。ただ、衝突のたびに震動は記録された。

カッチェンコは〝ふうー〟と、長く尾を引く声を出した。だれにも聞こえないことはわかっている。TSSの通信機はスペース＝ジェットを出たときに切ってある。厳重な無線封止が指示されていたから。必要なときだけ、最小出力で短いバースト信号を送信することになっている。いまのところ三名のテラナーに深刻な危険はなく、インパルスを発信する必要は生じていなかった。

カッチェンコはふたたび狩りに出ていた。単独行動好きの性格に合っているし、高度な訓練にもなる。

かれとアアロン・シルヴァーマンとアリ・ベン・マフルは七日前、四四七年十一月十日に、妨害なくゼレンガアに着陸した。《ツナミ＝コルドバ》の搭載艇に注目する者はおらず、三名のテラナーは無謀な推測を展開することになった。

そのあと、かれらは任務にとりかかった。

カッチェンコはゼレンガア・ロボットを担当した。いちばん近いステーションまではほんの百キロメートルほどだ。スペース＝ジェットは南極点付近に着陸し、うまくかくれている。

四時間ほど前、かれは一ゼレンガア・ロボットに発砲した。探知能力はかれのほうがはるかにすぐれている。大型ロボットはぐらぐら揺れながら突進してきた。

TSSの高感度センサーが、破壊されたロボットの発する救難信号をとらえた。

カッチェンコは信号が五回くり返されるのを辛抱強く待ったあと、送信機を破壊した。マシンは沈黙した。

相手が増援をもとめたのは明らかだ。

破壊したロボットはいま接近してくるマシンよりもちいさかった。その形状から、ゼレンガアにはさまざまなタイプのロボットが存在するとわかる。同じかたちのものはふたつとなく、それぞれが専門の作業のためにつくられているようだ。ただ、外殻の色がブルーグレイである点だけは共通していた。

かれが四時間前に破壊したロボットは、制御を失ってからまわりしているらしい装置を修理しようとしていた。

そのロボットがどこからきたのかはわからない。カッチェンコが上空を飛行中、金属のからだを探知しただけだから。

いま、ぐらぐらと接近してくる巨大マシンは、ちいさい弟が急に修理できなくなった装置の救援にあらわれたらしい。

狩人はほくそ笑んだ。光学照準器を与圧ヘルメットに引きよせ、拡大率を五十倍に設定する。破壊されたロボットはほんの百メートルほどのところで岩屑のあいだに転がっていた。

カッチェンコの放った弾丸はかんたんに外殻を貫通し、爆発はせず、すぐに探知されてしまうエネルギー・エコーの発生もない。ここで必要なのは、テケナーが数十年前に自分の保管庫から持ち出して、特殊部隊の狩人に支給した装備だった。技術的にはとっくに時代遅れの、ほとんど忘れ去られた武器だ。

カッチェンコが使ったのは数百年前の単発の猟銃で、恐竜のような分厚い皮膚の、巨大な体軀《たいく》の獲物を狩るためのものだった。口径は当初二十ミリメートルが想定されていたが、弾薬を工夫して、もっとちいさな獲物も狙える小口径が採用された。

こうして銀河系の大型猟銃〝ＧＷ‐２０マグナムＨＬ〟が誕生した。フォーリングブロック方式の採用で大きなガス圧に耐え、インターロックによる安全機構をそなえ、ケースレス・グレネード弾を電気点火で確実に発射する。

狩人は照準器の倍率を八倍に下げ、接近してくる巨大ロボットに狙いをつけた。ロボットの動きは見るからにぎくしゃくしている。

形状は巨大なリクガメのようだ。前面にある積載装置が設計目的をしめしている。

ＴＳＳのシントロニクスが音声で報告してきた。与圧ヘルメットの後部から変調された声が聞こえる。

「第三のロボットの評価。飛翔能力を喪失。エネルギー反撥フィールドは機械式リレー装置が焼き切れて消滅」

狩人は動かなかった。長い銃身は異マシンをまっすぐ狙っている。

「機械式リレー装置？　まだそんなものを使っているのか？」

「非常用の補助装置で、大きな負荷には耐えられません。主システムは飛翔状態からの緊急着陸のさいに故障しています」

カッチェンコはあらためて標的を観察した。マシンは徐々に大きくなる困難にもめげず、破壊されたロボットに接近している。

「なにがあのロボットを引きよせているんだ？　エレクトロニクス、ポジトロニクス、シントロニクス、それともほかのなにかか？」

「判定できません。なんらかの〝トロニクス〟でしょう」

「なんトロニクスか」と、カッチェンコ。「せめて主制御機構の位置だけでもわからないか？」

「わかります。前面の積載用のくぼみの上にある、ふくらんだ部分です。そこで反重力フィールド・プロジェクターが作動しています。反重力ジャッキを展開するつもりでしょう」

狩人はそのチャンスに賭けることにした。救援にきたマシンはあきらめようとしない。カッチェンコは銃のブリーチを開いた。いつもの習慣で、多角形の銃身のなかに見えるＵ字形の薬室にちらりと目を向ける。あらためて弾薬の備蓄をかきまわし、十五ミリメートル口径に合わせた、サボにつつまれた徹甲弾をつまみあげた。

口径と質量がちいさくなったことで、同じ炸薬を使った場合の初速は秒速二千三百二十キロメートルまであがっている。空気抵抗がない環境では初速がそのまま維持されるが、ゼレンガアの重力が〇・四四Ｇとちいさいため、放物軌道が大きくなることも考慮する必要があった。

救援マシンがふたたび停止する。カッチェンコはその数秒をとらえ、狙いすました一撃を放った。指先が発射ボタンに触れる。

やはり音は聞こえなかった。ただ、銃口からは白熱の炎がほとばしる。反動で後退した銃床が肩に食いこんだ。

質量を反対側に動かすガス式の反動軽減装置がなかったら、この重い猟銃をあつかうのは不可能だったろう。

わずか八十メートル前方で、外殻のふくらんだ部分がまばゆい閃光を発した。動いていたマシンがいきなり停止する。

カッチェンコはすばやく次弾を装塡した。ただ、こんどは安全を期して、化学炸薬のフルメタルジャケット弾を選んだ。ロボットの反撃を許すわけにはいかない。かれの任務はゼレンガアのマシンの操縦システムを、できるだけ無傷で手に入れることだった。そのために初弾はインケロニウム＝テルコニット合金の徹甲弾を使ったのだ。

「呼びかけ通信なし、防御反応もありません」と、ＴＳＳシントロニクス。「補助装置も停止しました」

狩人は銃を横に置いてゆっくりとかくれ場から立ちあがった。はるか右手、光をさえぎる急峻《きゅうしゅん》な崖の下は深い闇のなかだ。被弾した救援マシンはまだ比較的明るい陽光のなかに転がっていた。

「信じられない」カッチェンコはひとりごちた。「かんたんすぎる！　どうして反撃してこない？　なぜ武装した救援マシンを送らなかった？　まるで大昔の電気掃除機並みに脆弱じゃないか」

「まだ戦闘ロボットに遭遇していません！」シントロニクスが警告する。

カッチェンコはどす赤く染まった空を再度見あげ、ＴＳＳの飛翔装置で二体のロボットの上に浮遊した。

救援ロボットはまだその一部、さまざまな機能がある多関節作業アームを動かしていた。二発の弾丸はブルーグレイの外殻を貫通し、放出した熱エネルギーと破片がその下の制御装置を予想以上に大きく損傷させていた。

弾丸は制御装置自体も貫通していて、遠征隊のラボは残骸から弾丸をとり出すのに苦労するだろうと思えた。制御・指令システムを攻撃するしかなかったのだ。さもないと、武装していない整備ロボットを停止させることはできなかったろう。

カッチェンコは分子破壊カッターを使って、もっとも重要と思える部分を切りとった。金属のサンプルも採取する。

数カ所で回路を切断すると、作業アームの動きがとまった。ゼレンガア・ロボットがついにメカニズム的に死んだということ。

最初に探知したちいさいほうのロボットは放置した。システム部分を回収したいなら、優先するのは故障していなかったほうだろう。

救援ロボットに近づいて表面に降りようとしたとき、スペース＝ジェットの警報インパルスがとどいた。鋭い警笛音に、カッチェンコは背筋をのばし、耳をそばだてた。

シントロニクスがすぐさま報告する。

「バースト・インパルスです。ただちに帰還してください。危険レベル2。探知妨害飛翔で放射吸収装置を使います。以上！」

狩人は探るように周囲を見わたした。危険レベル２なら心配するほどのことはない。ただ、スペース＝ジェットが自動的に警報を発する程度の事態は生じているということ。カッチェンコは残念そうに、弾丸が開けた穴を見つめた。穴の端の部分は溶解している。その下には秘密がかくされているはずだが、もう解き明かしている時間はなかった。ＴＳＳのベルトに付属している袋に切りはなした部品を入れ、ほんの二十キロメートルほどのところにかくしたスペース＝ジェットに向かって飛翔する。

自動飛翔プログラミングは深い氷の峡谷や地面のひび割れの上を突っ切って、かれを一直線に運んでいった。やがて切り立った峰々が点在する高台に到着。かれが着陸地点に選んだ場所だ。

スペース＝ジェットＴＣ＝ＳＪ＝５は張り出した岩の下の洞窟のようなくぼみにうまくかくされていた。高台は一部が氷におおわれているが、はるか以前に氷が崩れて滑り落ち、鏡のように滑らかな岩肌が露出している部分もある。ゼレンガアにはさまざまな顔があるが……美しい世界ではなかった。

＊

アアロン・シルヴァーマンはすでにＴＳＳを脱いでいた。アリ・ベン・マフルもカッチェンコの数分前に帰還している。

カッチェンコがＴＳＳを排気してヘルメットを後部に収納したとき、アリの罵声が聞こえた。

搭乗ハッチから共用の休憩室に向かう三名用のせまいリフトの扉がスライドして開き、アリの声がはっきり聞こえるようになる。

カッチェンコは足をとめ、猟銃をわきに置くと、眉をひそめて細身のテラナーを見やった。大柄で筋肉質のシルヴァーマンがアリのカールした黒い髪を相手に悪戦苦闘している。髪がヘルメットの折りたたみ機構に絡まって、アリの頭を大きく後方に引っ張っているのだ。必然的に、アリは直径三十メートルのスペース＝ジェットの司令コクピットの天井を見あげるかたちになっている。

「なにか探しているのか？」狩人が軽口をたたくと、シルヴァーマンが笑みを浮かべた。

「ばかなことを！」アリが憤然と応じる。「きみの剛毛は、もちろん絡まったりしないだろう」

カッチェンコはうなずいて、片手で明るいブロンドの剛毛を撫でつけた。ありふれた顔立ちの男で、だれも振り返って見たりはしないだろう。身長も百八十三センチメートルと、ごくふつうだ。その能力の高さに即座に気づく者はまずいない。

「切ればいいだろう」カッチェンコはそういって、ヴァイブレーション・ナイフに手をのばした。

「やめてくれ！」アリが恐怖の声をあげる。「首を切り落とされてしまう」

「可能性はあるな。ヘルメットの下にどれだけの長さの髪があるのか、よく考えないと」

カッチェンコは自分のＴＳＳのラッチをはずした。シルヴァーマンはアリの縮れた頭髪をハサミで切ろうとしている。

「わたしなら髪のかわりに髭《ひげ》をのばすな」と、シルヴァーマン。「そうすれば同じことだ。くそ、動くな！」

カッチェンコは急ぎ足で金属のらせん階段をあがり、司令コクピットに入った。身のこなしは滑らかで、力強い。ツナミ技師ふたりがリフトであがってきたときには、かれはもうシントロニクスの操作卓の前にすわっていた。かれらが報告を記録したあと、帰還警報が作動したらしい。

「《ハウレクス》から船団への指示を再生してください」コンピュータ音声がいった。

「一貫性をたもつため、先に再生する必要があります」

スクリーン上に鹵獲船の乗員たちも見た映像があらわれた。最後にふたつのシンボルが表示され、ラトバー・トスタンがハンゴル語で話した内容をトランスレーターが通訳する。

アリは活発な身振りを見せた。

カッチェンコはしずかにほほえむだけだ。

「首を切り落とされかけた男になにかいうことはないのか？」アリがいらだたしげにたずねる。「またしても、あの詐欺師の典型的なやり口だ。なんになるって？ 監察官にして、ヘクサメロンの告知者？ 頭がおかしくなりそうだ」

「散髪はたいして苦痛じゃなかったようだな」シルヴァーマンが皮肉っぽくいう。「しずかにしろ。さもないと、のこりの髪も切り落としてしまうぞ」

アリはカッチェンコの明るく青い目が自分に向けられていることに気づき、なにもいわないことにしたようだった。

「ゼレンガアの橋頭堡に向けた直接連絡です」シントロニクスが先をつづける。「暗号化された短インパルスとして受信しました。傍受されていないことは確認ずみです」

「橋頭堡って、ああ！」アリが歓声をあげた。「ようやくわれわれの立場がはっきりした。応答しよう」

またしても、カッチェンコはなにもいわない。ただ、かれの指先はキイボードの上を跳ねまわっていた。保安上の理由から、コードの入力が必要だから。

「指示にしたがってテキストを平文になおします」シントロニクスがいい、その瞬間から三人のテラナーはトスタンの本気を思い知ることになった。テキストが画像化されていて、通常のトランスレーターでは翻訳できなかったのだ。

表示された文章にはトスタンのこれまでの行動と、《ハウレクス》で第五十九惑星に着陸する旨が記されていた。

最後にこう指示がある。

「判明した詳細と調査結果をすべて、仮説もふくめて指向性ビームで《ハウレクス》に送れ。暗号化して、高度バースト通信を使え。送信していいのはエコーを直接とらえているときだけだ。方角を察知されるな。署名。ラトバー・トスタン」

カッチェンコはシートを回転させ、司令コクピットの中央に向きなおった。頭上には透明なドームがある。張り出した岩の影で外は漆黒の闇だ。はるか遠くで氷原が二重恒星の光を反射していた。

「で……？」

シルヴァーマンは前かがみの姿勢から背筋をのばした。習慣で首をかしげながら、ゆっくりと自分の操縦シートに向かう。

スペース＝ジェットの司令コクピットはせまく、最大で五名しか収容できない。

「短く的確に」若いテラナーが文句をいった。「〝で……〟とはどういう意味だ？　わかっていることを知らせるしかない」

「どれだけのことがわかっている？　なにか新しい知見があったか？」

「ロボット・ステーションの線をあらためて調べてみた。基地が四つあって、ひとつだけほかと大きく異なっている。ＴＳＳシントロニクスによると、そのすぐ横に古い宇宙港があったらしい」

「古い宇宙港？」カッチェンコが声をあげた。

シルヴァーマンが正面から狩人を見つめる。

「そのとおり！　実際、あまりにも古くて、最初の調査飛行では気がつかなかった。だれも手をつけていない、瓦礫《がれき》と氷の平原に見えたから。なにか気になるのか？」

「なるとも！　ロボットを二体、行動不能にした。やはりとても古いもののようだった。システムはさまざまな回路のよせ集めで、〝なんトロニクス〟なんだ」

これでもカッチェンコにしては長話だ。シルヴァーマンは用語の意味を考えた。

「なんトロニクスね、ふん！　とにかくここからだ。《ハウレクス》は半時間以内に頭上にあらわれるはず」

「待て！　わたしもあらたにわかったことがある！」アリがいった。

「それは失礼」と、狩人。アリはかれに疑惑の視線を向け、後頭部のもつれた髪を手でかくした。

「ロボット・ステーションを中心に、半円を描いて飛んでみたんだ。シントロニクスがごく弱い、それでも感知可能なハイパー放射を基地の南側で発見した。それはどことなく……」

途中で言葉を切り、自信なさそうに周囲を見まわす。

カッチェンコは眉をひそめた。それが先をうながしているように見える。

「その、確信はないんだ」アリは話をつづけた。「警報にじゃまされたから。極点付近の風景を低高度から見ると、爆発のあと溶けた水が溜まった、とても大きいけれど浅い、クレーターのようだった。いまは厚い氷の層におおわれている。放射はそこから出ていた」

かれは話をしたことで、見るからにほっとしたようすだった。

カッチェンコは黙ったままだ。シルヴァーマンは大型の搭載シントロニクスをプログラミングしはじめた。

「ここではわれわれが思う以上にいろいろなことが起きたようだ。データを入力しよう。《ハウレクス》の大型計算機なら処理できるはず」

「スキッパーなら、だ」カッチェンコが訂正する。「すべて辻褄《つじつま》が合う」

なにがどう辻褄が合うのか、かれは説明しなかった。シルヴァーマンが自分の推測を口にすると、アリは熱心に聞き入った。

「古い、廃墟と化した宇宙港。金属疲労で本来の任務がこなせない、なんトロニクス・ロボット。そして最後に、五次元指向の残存インパルスを放射するクレーター。相当な時間が経過しているはずだ」

いた。金属疲労のシュプールは見られない」
「性急すぎる」と、アリ。「ロボットならたくさん見てきたが、どれも確実に作動して
「メンテナンスの問題だろう」と、カッチェンコ。「どのタイプがメンテナンスされていて、どれがそうではないのか？」

5

四四七年十一月十八日の夜が明けた。標準時間で午前三時九分だ。

一時間前、橋頭堡からバースト通信が入った。メインティ・ハークロルは状況を二重に評価するため、短インパルスをすぐにジュリアン・ティフラーにまわした。

ややあって、平文が判明した。

惑星の周回をくり返して得られた、ＦＰＡによる測定結果も利用が可能になる。ラトバー・トスタンは測定装置で南極点周辺を調べさせた。標的を絞りこんだ探知により、ごくかすかなハイパー指向性の残存放射が確認された。

ティフラーやタルカン遠征隊の科学者たちからの連絡はまだない。《ハウレクス》は惑星ゼレンガアの近傍にいるが、呼びかけるのは危険が大きいと思えた。探知される可能性はともかく、ハウリ語でもハンゴル語でもない報告を傍受されたら、ティフラーにとっては裏切りにほかならないだろう。

トスタンはＦＰＡの計算センターの前に立っていた。ポージー・プースやメインティをはじめとする乗員たちはほぼ、ゼレンガアには当初考えられていたほどの大きな危険はないという結論に達していた。

アダム・ピッテンブルクの見解は異なっていた。目の前の結果をハイパー物理学者の思考で評価していたから。

ピッテンブルクは席を立ち、鹵獲船の大型スクリーンの前に立った。《ハウレクス》は極軌道を周回している。数分後にはふたたび南極点周辺が見えてくるはず。

ポージーは大きな友のところに飛んでいき、その腕のなかにおさまった。

「まったくもって、とても不安です」スヴォーン人がさえずるような声でいい、トスタンを見あげる。「あなたは不幸そうなのが感じられますけど」

銀河ギャンブラーはポージーの居心地がよくなるよう腕を動かし、ひとさし指でちいさな鼻をつついた。

「わたしの感情を見抜いたつもりか、キュウ公！　どうして不幸そうだと思う？　考えているだけだ」

「ええ、でも、自分自身と戦っているのははっきりと感じます」

「多くの者がそうだろうが、わたしも自分のなかに最悪の敵を見つけてしまう。着陸するぞ、偉大なスヴォーンの戦士。なにか意見は？」

ピッテンブルクがコンビブーツの踵《かかと》を中心にからだを半回転させ、きゅっと音が鳴った。

「着陸ですか？　この船で？」と、ポージーにかわってたずねる。

「この船でなくてはならない！」

ハイパー物理学者はトスタンに近づき、しきりに手を動かして言葉を探した。

「断固反対です。監察官に偽装した通信になんの反応もありません」

「まだ反応がないだけだ。その理由として、ふたつの可能性が考えられる」

ピッテンブルクは挑むように顔を近づけた。

「へえ！　たったふたつですか？　わたしなら百個はあげられますが」

トスタンが辛抱強くうなずく。

「可能性の話だ。重要な要素がふたつ考えられる。われわれが〝送信機〟と呼んでいる装置の故障か、軌道が地表から遠すぎて、なんらかの制御装置がわれわれを危険とみなしていないかだ」

「合理的だと思います！」メインティが声をあげた。

「合理的？」ピッテンブルクが反論する。「ユーリ・カッチェンコは〝なんトロニクス〟がどうとかいっている。そんな断片的な話が、われわれの思考習慣にどうあてはまるというんだ？」

ポージーが四つの手を打ち鳴らし、ＦＰＡの前の自分のシートに飛んでいった。トスタンはＦＰＡの表示をじっと見つめている。かれがピッテンブルクに答えたとき、しわがれ声は以前よりも表情豊かになっていた。

「数日後、四四七年十一月三十日には三度めの転移が実行される。アトランが惑星パガルの物質シーソーを無力化できるかどうかはわからない。われわれはここで任務を遂行し、第五十九惑星の秘密を暴《あば》く。知識権限の中枢の連絡員であるヴィル・コンは〝保存されている〟という言葉を意味もなく使ったわけではない。さらにいえば、われわれはここにペリー・ローダンを探しにきている。アダム、知識は力だ！　われわれ、できるだけの知識を得ようと思う。それでいいか？」

　ピッテンブルクはなにも答えず、トスタンも返事を期待してはいなかった。

「ＦＰＡ担当者は機動にそなえろ。低軌道にうつる。いったん高度五百キロメートルで惑星を一周し、そのあと百キロメートルまで接近する。実行」

　ラコ・レジャーノが横にすわっている宙航士にささやいた。

「で、どうだ？　かれを驚かせてやるか？」

　ハーム・フォールバックは意味ありげな笑みを浮かべ、銀河ギャンブラーに呼びかけた。

「データは入力ずみです。接近機動を開始します」

　両宙航士はがっかりすることになった。トスタンは片手を振っただけだったから。

「わかっている。制御モニターを切っておくべきだったな」

レジャーノはずんぐりした体形で、ふだんから冷静な男だったが、このときばかりは悪態をついた。

「かれを驚かせるには超絶技巧が必要らしい。コンタクト」

フォールバックがおさえた笑い声を漏らす。耳がいいポージーはささやき声をすべてとらえていて、ふたつの手を振っておもしろがっていた。

《ハウレクス》が船首を下げ、惑星に向かって突進する。船尾側から短い轟音が聞こえ、軌道変更のための噴射を実行したことがわかった。

目標高度に到達すると船体は水平にもどって安定した。惑星表面の映像が大きくなる。謎のロボットの反応を待ったが、なにも起きなかった。

二周めに入る直前、トスタンが合図を出した。そのあともとからあるハウリ人用シートにすわり、大型船首スクリーンを見つめる。鹵獲船の受信機はＦＰＡに接続されたままだ。

ふたたび轟音が聞こえ、《ハウレクス》はさらに降下して、真円に近い周回軌道に乗った。同時に北極点の上を通過。

トスタンはもうすこしだけ待ってから全員に指示した。

「乗員はただちに戦闘服を着用し、すぐにヘルメットを閉じて生命維持システムを作動させられるよう準備しろ！　アダム、わたしのＴＳＳを足もとに置いておいてくれないか」

「着用すればいいでしょう。もしも攻撃されたら……」

「こうしてたのんでいるんだ」トスタンは相手の言葉をさえぎった。「この美しいハウリ人のコンビネーションをかくしたくない。せめてもう一度、だれにでもいいからその栄光を見せつけるまでは」

　緊急事態になっても意志は変わらないだろう。ポージーはすでに戦闘服を着用している。かれは銀河ギャンブラーをよく知っていた。その指示は目的に合致した、論理的なものだ。

　ピッテンブルクがトスタンのＴＳＳを引きずってきて、ハウリ人用司令シートの前に置いた。慎重に防護服を点検し、大きな背嚢《はいのう》の固定ポイントをチェックする。

「狂気につきあう準備はできてます」ピッテンブルクが息をあえがせながらいう。「気は進みませんが、そうするしかありません。この船に自分の意志で乗りこむなんて、どんな狂気に突き動かされものだか」

「船長に質問です」ＦＰＡが声をあげた。「着陸できることになった場合……どこに降りますか？」

　トスタンは不恰好な装置に目を向けた。

「宇宙船が着陸できるならどこでもいい。探知した宇宙港ならわれわれも……」

トスタンは言葉を切った。ＦＰＡが第一段階警報を発したのだ。

「超短波の呼びかけです。主シンボルは未知のもので、第二シンボルは〝最後の六日間〟と同一です。受信はごく短時間で、直接目視範囲内でのみ可能です」

「超短波だと？」トスタンは驚きの声をあげた。全身が緊張する。かれは無意識のうちにハウリ人のシートの背もたれを握りしめていた。「ありえない！　評価の準備はできているか？」

「当然です！　送信元は宇宙港近くの大型ロボット・ステーションで、機械的に正確なインパルスです。論理判定。ロボット送信機はなにがあっても遠距離ハイパー周波数を使用しないよう命令されているのでしょう。惑星ゼレンガアは呪われた／記念碑的／宗教的聖地の禁忌世界／禁断の地……列挙終わり……として、送信を実行するのは光速インパルスで安全に誰何できる飛翔体に対してのみとされている模様。われわれがそこまで接近したということです」

ゼレンガアのオートマタがずっと沈黙していた理由に説明がついたようだ。

「論理判定を現実と認定する、ＦＰＡ」トスタンが急いでいった。「それにもとづく蓋然性プログラミングを作成、記録しろ。解明すべき事項、〝なぜ宇宙港施設やロボットなどの設備が放置されているのか〟、以上。呼び出しシンボルを《ハウレクス》内部の大型スクリーンにうつし出せ。実行！」

ピッテンブルクが頬をふくらませて内心の不安をあらわす。トスタンはかれの懇願するような視線を無視した。いまこそ行動のときだと思ったから。

姿勢を正し、画面にうつりこんでいたＴＳＳの腕の部分を足で画面外に押しやり、ふたつの呼び出しシンボルに意識を集中する。

先端が輝く棘がならんで半円からのびる〝最後の六日間〟のシンボルは見まちがいようがない。

重要度が高いのは、それよりも大きく輝かしい、もうひとつのほうだった。

そのシンボルは内側に影をつけた円形で、輪郭は青白色の炎のリングだった。その上にタルカン宇宙のどす赤い輝きがかかっている。

「クレーターだわ！」メインティが声をあげた。「見てください、スキッパー！　クレーターができるところです」

トスタンがハウリ人の映像音声リンクのスイッチを入れ、彼女はぴたりと黙りこんだ。

「〝最後の六日間〟の戒律の告知者にしてヘクサメロンから全権を委任された監察官であるヘクストン・メルが、きみたちの呼び出しサインを目にした。報告せよ。また、命令された送信範囲をなにがあっても逸脱しないよう注意せよ」

ピッテンブルクは息をのんだ。恐怖とともに、銀河ギャンブラーが全面的な賭けに出たことを悟ったから。

トスタンのハンゴル語の言葉はＦＰＡが翻訳し、横手にあるスクリーンにだれでも読める文章として表示される。

船首側のべつの大スクリーン上に南極付近の光景が見えてきた。《ハウレクス》は送信者がいるならその指向性ビームを受信できる位置にいる。

トスタンの映像が制御モニターにあらわれた。マンモンの護符と〝最後の六日間〟の記章がはっきり見えている。

告知の直後、鹵獲船内の生命体で現状に神経をすり減らしていないのは銀河ギャンブラーだけだったろう。

かれは身動きもせず、上唇で入れ歯をかくそうともしないで、ハウリ船の主制御卓からいきなり飛び出してヘビのように突進してきたこぶし大の物体を見つめた。

異物体は六日間の記章から数ミリメートルのところに固着し、柔軟な金属製アームを中心に回転しはじめた。

ＦＰＡが瞬時に反応。乗員たちが未知物体をくわしく観察する前に、ＦＰＡは評価を終えていた。その結果もスクリーンに表示される。トスタンはそれを目のすみでとらえた。

「識別走査機です。センサーが六日間の記章を刺激し、わたしには識別できないプシオン領域のインパルスを発生させています」

その意味は重かった。トスタンはかすかな笑みを浮かべた。ほんもののハウリ人司令官のコンビネーションを使うという決断が実を結んだのだ。

奇妙な装置が制御卓のなかに引っこむと同時に、声が聞こえてきた。いっさい変調されていない単調な声だが……言葉はハンゴル語だった！

トスタンは大きく息をついた。これでトランスレーターにたよらずにすむ。

「〝勝利の証《あか》し〟の守護者から告知者ヘクストン・メルへ。命令された通信範囲内に存在を確認しました。要望はなんですか？」

トスタンはいきなり自力での対処を迫られた。〝勝利の証し〟という概念は、ウシャアル星系第五十九惑星に関するかれの仮説を根底から覆《くつがえ》した。

目の前には黄色い深皿のようなシンボルが輝いている。これがロボットのいう〝証し〟なのか？　疑念はつきないが、シンボルを決めた者が過去の出来ごとを指しめすわかりやすい形状を選んでプログラミングしたことは充分に考えられた。

それにくわえて、ハウリ人とその同盟種族がこの宙域をきびしく忌避しているという事実がある。なぜだ？　勝利の証しとなる場所なら、知性体はよろこんで訪れるのがふつうだ。なぜここではそうなっていない？

だが、それ以上考えこんでいる時間はなかった。

「ヘクストン・メルから〝勝利の証し〟の守護者へ」と、ハンゴル語で話しはじめる。

「ヘクサメロンはきみが義務をはたしていないと考えている。作業ロボットはメンテナンスがなされておらず、作業を実行していない。わたしはきみの施設を査察し、ヘクサメロンが適切と認める状態に回復する任務を負っている」

それを聞きながら、メインティは緊張しきっていた。トスタンはごく表面的な知識だけをたよりに話しているのだ。

スクリーン上のふたつのシンボルに変化はない。ロボット守護者はべつの映像に切り替えられないらしい。トスタンはそのことを心にとどめた。

「守護者から告知者へ。告発は受け入れます。多くの制御が失われているのはたしかです。ただ、まだ救援をもとめる段階ではありません。制御喪失率は五十パーセント未満です」

その基礎データの意味はトスタンにしかわからない。かれは即座にこう応じた。

「以前の救援要請プログラミングは破棄された。〝最後の六日間〟の戒律に適合する重要な出来ごとにそぐわないから。わたしがここにきたのもそれが理由だ。これから着陸する。ただちに宇宙港の瓦礫を撤去することを命じる。いますぐ適切なロボット部隊を派遣するように」

「条件つきでしたがいます。そのプログラミングには惑星パガルの当局者の承認が必要です」

「わたしを監察官に任命したヘクサメロンはパガルの当局者よりも上位になる。着陸を待て。場所を開けておけ。以上だ、〝勝利の証し〟の守護者！」

トスタンは通信を切った。その膝に飛び乗ったポージーは、一瞬、かれの額に汗の玉が浮かんでいたように思った。

「ＦＰＡ、ティフラーに指向性バースト・インパルスで連絡しろ。南極側にまわったらすぐにだ。惑星質量を追加の遮蔽《しゃへい》に使え。友たち……！」

トスタンは立ちあがり、《ハウレクス》の乗員の顔を順番に見わたした。

「……危険を冒すことになる。守護者のプログラミング・ステーションを制圧するため、有能な人材全員が必要だ。巨大ロボットがパガルにコンタクトするのを思いとどまらせる以外、われわれにチャンスはない。故障率の高さを考えれば、時間はないだろう。救難要請ラインがあるようだしな。どうすれば、なんトロニクス部隊をわれわれ好みに変えられる？」

「ＦＰＡを使うしかありません」と、ピッテンブルク。「あなたの頭のなかからはありとあらゆる難題が出てきますが、それを解決するには訓練されたチームが最高の環境で、長期にわたる研究に携わる必要があります」

「ＦＰＡのような重くかさばるものを、どうやってプログラミング施設に運ぶんです？」と、メインティ。

トスタンは巨大計算機に目を向けた。

「FPA、探査車輛にはきみの小型の兄弟が存在する。車輛に統合されているから、ちょうどいいだろう。そのマシンならやれそうか？　無理な場合……きみが手を貸せるか？」

「三十秒待ってください」大型FPAがすぐに答えた。「補足情報。橋頭堡の部隊に送信内容を転送しました。スペース＝ジェットが都合のいい位置にいます」

「すばらしい！」と、トスタン。「その点は見落としていた」

「指示はマイクロポジトロニクス技師のポージー・プースからのものです」それを聞いたトスタンはスヴォーン人を両手でつかんで持ちあげた。ポージーが四本の腕を振りまわし、手でつかめるものを探す。

「これできみはとてつもなく、まったくもって賞讃されるだろう。きみの未来の二百名の息子たちも繁栄するにちがいない」

「いつもそうやってわたしを……からかって」ポージーが腹立たしげにさえずる。

「からかってなどいない。友たち、ロボットが下で宇宙港を清掃しているかどうか、確認してくれ」

「あんなことを要求するとは、いい度胸です」と、ピッテンブルク。

トスタンは肩をすくめ、識別走査機があらわれた位置を指先で軽くたたいた。

「問題は、あの装置がどうして六日間の記章に反応したのかという点だ。そこを心配したほうがいい。ハウリ人の記章すべてに反応するのか、それとも、わたしがつけているような、船長クラスのものだけなのか？」

「現状での評価です」FPAが報告する。「守護者が対抗手段をとり、対話を拒否する可能性もありました。高位のハウリ人は必要があれば特殊な記章を使い、正しいインパルス放出というかたちで身分を証明するのでしょう」

「論理的に聞こえるが、それはちがうな」トスタンは反論した。「わたしが守護者のプログラミングをするなら、個体識別にはプシオン値を見るようにする。見てのとおり、わたし自身のコンビネーションは長身痩躯《そうく》のテラナーに合わせてある」

「訂正します、船長！　プログラミング担当者はあなたのような個体の存在を想定していません。あなた以外にハウリ人そっくりのテラナーがいますか？」

*

ユーリ・カッチェンコが超短波のバースト通信の内容を復号すると、スペース＝ジェットのモニターに平文と映像があらわれた。

耐圧シートを回転させ、アアロン・シルヴァーマンとアリ・ベン・マフルを見あげる。

ふたりは身を乗り出してモニターを見つめていた。

「提案は？」狩人が簡潔にたずねる。

シルヴァーマンが考えこむように咳ばらいし、アリはほとんど反射的に、うなじにかかった髪に手をのばした。

なにもいわずに自作の地形図を別画面に表示させる。計算機は土地の状況と環境データも付加していた。

アリはそこにゼレンガア・ロボットの大型ステーションを挿入し、距離データの提供をもとめた。すぐにデータが表示され、氷におおわれた塔のような峰があらわれる。アリはそれを指さした。

「ああ、ある」と、ようやくカッチェンコの問いに答える。「トスタンが着陸する前に、こちらの位置を変えておくべきだ。向こうはこれからも超短波で連絡してくるはず。通信範囲内にいないとまずい」

「直接目視できる位置ということだな？」カッチェンコが確認する。

「そうだ。超短波は直進するから、いつ傍受されるかわからない。スキッパーもわれわれが移動すると思っているはず」

シルヴァーマンがコンピュータ画像をチェックし、うなずいた。

「ここは周囲に障害物が多い。宇宙港とロボット施設からほんの五十キロメートルのところに高い山がある。いままで放っておいてくれたとしても、移動するとそうはいかなくなるかもしれない。そもそもどうして〝勝利の証し〟に着陸できたんだ？　わたしにはわからない」

　カッチェンコが立ちあがり、伸びをした。岩の影から出れば外はまだ明るい。

「通信禁止領域が関係しているのでは？」

　アリが疑わしげにかぶりを振る。

「可能性はあるだろう」と、カッチェンコ。「守護者はハイパー・インパルスが使えず、われわれの高速着陸に対応できなかったのかもしれない」

「着陸場所も中央からかなりはなれているからな」アリは考えこんだ。「とはいえ、なんともいえない」

「探知機の故障？　識別ミス？」

「もうすこしかんたんな質問はないのか？　理由はいくらでも考えられる。特定のプログラミングが関係しているのかもしれない。このいわゆる〝勝利の証し〟の惑星に、だれかが近づくのを望んでいない者がいる。だからハイパー通信を禁じているんだろう。われわれみたいなのが高速で突っこんできて、高山地帯の探知できない岩陰に姿をかくしたら、ロボットになにができる？　ハンガイ銀河でだれがそんな図々しいまねをする？」

「テラナーだ！」カッチェンコがうれしそうにほくそ笑む。

シルヴァーマンはおさえた笑い声を漏らした。アリが非難がましく天井を見あげる。

「典型的だな！　ギャラクティカムの名誉ある市民の髪の毛を切ろうとするような連中だ」

「その市民はどこにいるんだ？」と、シルヴァーマン。

「おぼえていろよ」アリが脅すようにいう。「で、どうする？　ユーリ、指揮官はきみだ。われわれはきみの決定にしたがう」

「ただちにスタートして、山の上に着陸する。わたしは火器管制を担当する。操縦はアロン、アリは探知をたのむ。ＴＳＳを着用しろ」

アリは不安そうに狩人を見た。行動がトスタンに似てきていると感じたようだ。

「火器管制だって？　だが、きみはいままで……」

「〝勝利の証し〟の守護者に、パガルの司令部に連絡されたいのか？　トスタンは相対的に無力だ。重火器を装備していないから。スタート準備。地面の凹凸《おうとつ》を利用するぞ」

6

かれらはやってのけた。《ハウレクス》は古い宇宙港の上に着陸用反撥フィールドで浮遊している。一角はほんとうに瓦礫と氷が一掃されていた。さまざまなかたちの大型マシンがまだ作業をつづけている。

メインティ・ハークロルはなぜか不安を感じた。うまくいきすぎている。アダム・ピッテンブルクと二名のシントロニクス専門家、ラトバー・トスタンとポージー・プースは、すでに探査車輌のキャビンに腰をおろし、その前の一段高い位置にはシートがふたつ設置されていた。操縦士と周辺探知担当者のシートだ。

乗っているのは平和的な調査に特化した設計の、高性能のシフトだ。

滞在は数日から数週間におよぶかもしれない。セランなら惑星ゼレンガアの殺人的な環境条件にもたやすく耐えるだろうが、人間には快適さも必要だ。自由に呼吸し、食事や睡眠などの種族的欲求を満たすことのできる場所に退避することになる可能性もあった。

探査車輌がほぼ無防備なことはトスタンも承知している。それでもこれを選んだのは、地上戦闘用車輌だと、車内スペースがどれもタアンⅢ型探査車輌ほどひろくなかったからだ。

多くのアンテナと伸縮可能な作業アームから、この車輌は船団内で〝ハリネズミ〟と呼ばれている。高度な特殊装備のおかげで、軍用装甲グライダーではできない作業も処理することができた。トスタンも万能ではない。

〝ハリネズミ〟は空気と温度を必要とするテラナーにあらゆる可能性を提供する。今回の場合、浮遊飛翔能力をそなえた可搬ミニＦＰＡも見落とせない要素だった。ロボットに不可欠な目的プログラミングを作成するには、特別に調整したＦＰＡがどうしても必要になる。人の手でなんとかしようとするのは時間のむだでしかない。

メインティがハウリ船の真空になったエアロックを抜け、〝ハリネズミ〟の開いたままの外扉に近づく。シフトの前面にある半球形の操縦・観測スタンドのなかにトスタンの上半身が見えた。

ゼレンガアの重力は〇・四四Ｇとちいさいので、車輌に乗りこむのはかんたんだった。この氷惑星の直径は四千二百キロメートルしかない。

超空間記号論理学の専門家が外部のふたつの手すりをつかんでからだを引きあげたとき、ＴＳＳのインターカムが作動した。ゼレンガアの守護者の単調な声が響く。シントロニクスがハンゴル語をインターコスモに同時通訳した。

「〝勝利の証し〟の守護者から告知者ヘクストン・メルへ。わたしのプログラミングは一名以上が証しの領域に存在することを禁じています。例外的にゼレンガアに立ち入れるのはあなただけです。輸送船はただちにスタートしてください」

　メインティは動きをとめ、車輛の外殻にあるコネクターに通信用ケーブルをつないだ。すぐに聞こえてきたのはトスタンの悪態だった。ピッテンブルクが早口でなにかいっているが、ほとんど聞きとれない。

「これでは無意味です！」彼女はヘルメットのマイクロフォンに向かっていった。「聞いてますか？」

　トスタンがしずかにしろといい、声が聞きとりやすくなった。

「ああ、聞いている。超空間記号論理学の専門家の意見は？」

「守護者の言葉は最終決定です。あれ以上は譲れないはず。着陸を認めたのさえ奇蹟です。プログラミングの許容限度ですよ。あきらめて立ち去りましょう」

「立ち去らなかった場合、どう出ると思う？」

「最低でも、緊急プログラミングにしたがって司令部を呼び出すでしょう。パガルにあるハウリ人の司令部です。さらにロボットがわたしたちの知らない防衛手段をとるはず。すぐにスタートして、立ち去るべきです」

盗聴防止用ケーブル接続では映像は表示されないが、メインティはトスタンの表情が容易に想像できた。聞こえてくるのは息づかいの音だけだ。

「どうするんです？　まさかばかげた英雄的行為なんて考えていないでしょうね？　スキッパー、いまはもっと重要なことがあるはず！　この遠征隊全体を危険にさらすことになります」

「わたしが危険にさらすのはつねに自分だけだ、敬愛するメインティ。忠告には感謝する。ピッテンブルク、船にもどれ！　ふたりのシントロニカーもだ。ポージーはのこれ。さっさとしろ！　ヘルメットを閉じて、メインティと合流しろ」

「ひとりで行くつもりですか？」彼女は恐怖の声をあげた。「トスタン、それは……」

「論理的な帰結だ。わたしの着陸は許可されたろう？　ポージーは数に入らない。わたしの自意識の一部だと宣言する。これからはわたしの公式共生体で、そのプシオン・インパルスがないとわたしは〝最後の六日間〟の教えを賞讃できない。すぐに立ち去れ、アダム！　ロボットの要請どおり、ただちにスタートするんだ」

それ以上はなにもいわない。トスタンの決断は電光石火だった。

「通信は禁止だ」ふたたびかれの声がした。「急げ！　守護者との話の内容はバースト・ビームで中継してみる。南極近くで待機しろ。つねに連絡できるようにしておく必要がある」

ピッテンブルクと両プシオニカーが姿を見せた。船のエアロックに駆けこみ、船内大気が充塡されるとヘルメットを開く。

「狂気だ。まったくの狂気だ！」ピッテンブルクがつぶやいた。「ひとりでなにをするつもりなんだ？」

「あなたがいっしょに行けばなにかできるの？」メインティがからかうようにいう。「ハウリ人の入力キイボード上の意味不明な記号を解読できる？　呼び出しと変更がたぶんコード化されてる、長期プログラミングを乗っとる方法がわかるの？」

「スタートする」ラコ・レジャーノの声が目に見えないスピーカーから響いた。「急げ！　スキッパーはもう〝ハリネズミ〟で出ていった。そこでいい争ってなんになる？　さっさとこっちにこい」

急速にハウリ船から遠ざかったトスタンはいったん停止し、透明ドームごしに広大な宇宙港を見わたした。いまの位置からのほうが、上空から見るよりも全体像がはっきりとわかる。とりわけ宇宙港の南側、幅がせまくなったところに建つロボット・ステーションは見落としようがなかった。

ブルーグレイの金属でできた高さ三百メートルほどの塔は、頂上にも側面にも、ありとあらゆる形状のアンテナが文字どおり林立していた。そこから察するに、プログラミングがあつかえるかぎり、〝勝利の証し〟の守護者はどんな種類のインパルスでも送受信できるのだろう。たぶんトスタンは相手の許容範囲の限界に達しているか、すでにそれを踏みこえてしまっている。守護者はもうこれ以上、どんな譲歩もしようとしないはず。

「通信ステーションはほんとうにここだけなんだろうか？」トスタンが考えを声に出す。「どう思う、キュウ公？」

ポージーが特製の防護シートのなかで背筋をのばした。

「いや、どうであっても不思議はないでしょう」と、精いっぱいの大声で答える。「まったくもって恐ろしい。塔を破壊するつもりなんですね」

「その必要があればだし、アンテナだけだ」

「どうやって？　手もとの小火器でですか？　車輛搭載の作業用分子破壊銃で？　それとも……」

ポージーは口を閉じ、問うように友を見つめた。

「特殊な装備がある。そういう意味でいっているなら」

そのとき《ハウレクス》がスタートした。乗員は慎重を期して、トスタンにコンタクトしてこない。

形成されたドリフト・フィールドの揺らめきがはっきりと見えた。それが特定のハイパー周波数帯に攪乱《かくらん》前線をつくり出す。その瞬間を待っていた者がいたようだった。

〝ハリネズミ〟の強力なシントロニクスが即座に反応した。ゆっくりと上昇する船のエネルギー・フィールドに影響されない周波数帯でバースト・インパルスが送られてきた。シントロニクスが一瞬で復号し、画面上に文章を表示する。直接の音声通信はトスタンが禁止していた。

「ユーリ・カッチェンコからスキッパー。TC＝SJ＝5は高度を五十キロメートルに変更、直接目視できます。緊急行動の準備完了。火器管制システムはアンテナ塔に照準。《ハウレクス》の離陸を利用して通信を送ります。守護者の指示は傍受しました。通信塔への攻撃が必要ならコード〝テケナー〟を、スペース＝ジェットの派遣が必要ならコード〝ドク・ホリデイ〟を、近距離の船団テレカム周波数で送信してください。こちらは常時受信状態を維持。守護者との通信は傍受可能。遠征隊への中継が必要なら、《ハウレクス》のスタート直後に赤外線投光器を三度点灯してください。ここから見えます。ティフラーが心配して、短インパルスで情報を送るよう要請しています。アトランとイルナからの連絡はなし。サラアム・シインは衛星ジェゼトゥで行方不明。以上！」

トスタンはすでに赤外線投光器のスイッチに手をかけていた。三度点灯する。同時に鹵獲船が急加速し、第五十九惑星のどす赤い空に消えていった。

「すばらしい！」銀河ギャンブラーはすわり心地のいいシートの背にもたれかかった。

「あの狩人はこういう困難な任務にうってつけだな。通信塔が直接目視できるなら、スタートする必要さえない。スペース＝ジェットはちょうど《ハウレクス》の陰になるから。われわれ、無防備ではなくなったということ」

「相手も無防備じゃありません」と、ポージー。「あの円錐形のマシンが戦闘ロボットでなかったら、わたしは決定的な誤解をしてることになります」

トスタンが左のほうを見ると、夜のように暗い塔の影から、きらめく金属のからだが分離するところだった。凹凸のある地面の上をエネルギー反撥フィールドで滑走してくる。作業用の把握アームらしいものは見えないが、円錐の上部にある、回転する三つの輪のようなものは見逃しようがなかった。

「武器システムです」シントロニクスが音声で告知した。独自の判断で、音声の使用禁止命令を破棄したようだ。「高エネルギー反応。武器リングの回転速度はごく低速です。機械的な不具合により、照準に大きく時間をとられています。超高速で出される命令と嚙み合っていません。さらに詳細な分析が必要ですか？」

「いまはいい。ただ、調べて記録しておいてくれ」

トスタンは咳ばらいして、接近してくる高さ二メートルほどのマシンに向きなおった。

「ここではつねになにか不具合があるようだな、キュウ公。古いテラのいいまわしを使うなら、〝つぎはぎだらけ〟というだろう。天才と阿呆が手をとり合って作業をしている印象だ。わたしが超高速システムを設計するなら、マシンの作動部分もできるだけ高速で反応するようにつくる。ロボットの種類が信じられないくらい多様なのも、わたしの仮説の裏づけになるだろう。同じかたちのものがひとつもないんだからな」

「どうします？　降りるんでしょう」ポージーが覚悟を決めたようにいう。

「そうだな」トスタンは伸びをした。「メインティがクレーターだといったものをくわしく調べることにしよう」

「守護者が〝勝利の証し〟と呼んでるものですね」

「たぶんそうだ。わたしの直感が正しければ、守護者は査察に抵抗するだろう」

戦闘ロボットが接近してくる。ただ、敵対的な意図は感じなかった……いまはまだ。トスタンのほうもあえて手出しする理由はない。

「大きな友、まだ故障した装置の査察をするとしか伝えてないのはわかってますか？　わたしが守護者なら、あなたがいきなり偉大な〝勝利の証し〟を調べようとしたら、疑いを持ちますよ」

「そのとおりだな。しばらく待って、いわゆる守護者が自分のプログラミング回路について、われわれにどこまで作業をさせるか見てみよう」

7

ラトバー・トスタンのもっとも驚くべき人間的特質はなにかというと、その好奇心だった。この数時間で、〝勝利の証し〟が根本的にヴィル・コンの曖昧な言葉と関係しているというかれの仮説は確実なものになっていた。

だが、それがクレーターのことを指すのなら、なぜハウリ人がそこを忌避し、ロボットだけが守護しているのかという謎がのこる。そもそもなにを守護、あるいは保護しているのか？

ハウリ人とその同盟者であるヘクサメロンの諸種族は、どんな奇矯《ききょう》な哲学から、重要な勝利をおさめたらしい場所を訪れないようにしているのだろう？　多大な犠牲をはらった末の勝利……見せかけの勝利、あまりにも高くついた勝利だった？　ヘクサメロンは敗《やぶ》れたも同然だった？　それとも真実を知る者にしかわからない、なんらかの詐術なのか？

トスタンは強引とさえいえる推測を重ねた。考えれば考えるほど、かれのカルタン人の友、虎の王マン＝グロでさえ知らないのではないかという思いが強くなる。ハンガイ銀河領域でのアトランの調査もいまだに実を結んでいない。

だれもエスタルトゥを知らないようなのに、エスタルトゥは遍在している。トスタンはこの考えに固執《こしゅう》していた。ポージー・プースは友が第五十九惑星とエスタルトゥを結びつけて考えるのを疑いの目で見ていた。

銀河ギャンブラーはあのときから、自分が論理的と考える計画どおりに行動するのをためらわなくなった。

頑迷に自分の考えを主張し、譲歩の限度を極限まで拡大していったのだ。〝勝利の証し〟の守護者を説得し、過去の出来ごとの現場に……微弱なハイパー放射のある惑星南極の巨大クレーターに同行させようとしている。

この決断の決定的な要因となったのは、ＦＰＡからの重要な情報だった。

ポージーが〝ハリネズミ〟の貨物室から可搬ミニＦＰＡを運び出し、惑星の秘密の守護者は各種のコンピュータ・ブロックに通じるハッチを開いた。こうして、それまで〝困難〟だったものが〝危険〟へと一段階進化した。

ミニＦＰＡはメッセージ・ビームを使って、プログラミングに手をくわえると自動的に救難信号が発信されると伝えてきた。驚いたことに、司令大型ロボットはこの過程に関与していないという。施設の建設者が設置した自動保安回路が優先的に作動するから。

ＦＰＡは異プログラミング・センサーを使って数兆個の機能をテストし、シントロニクスのシステム概念に置き換えた。最後に見つけた特殊装置の機能はとりわけ深刻だった。

いわゆる〝勝利の証しゾーン〟には、守護者とその制御下にある補助ロボットの立ち入りがきびしく禁じられていたのだ。同様に、守護者は未知の者の立ち入りをいっさい認めない。立ち入ろうとすれば防御機構が作動することになる。

トスタンは袋小路に追い詰められた。あらたなプログラミングで守護者をいいなりにするという当初の計画は、いずれにしても自動保安回路を作動させてしまう。クレーターに無理に突入しても、やはり同じことだった。

＊

コンピューター・センターの大きなゲートはつねに開いている。ポージーはすこし前に〝ハリネズミ〟にもどっていた。反撥フィールドで浮かんでいるＦＰＡを支えようとするかれの努力に対し、中央ロボットである守護者がはじめて大がかりな行動で反応を見せた。

ポージーが自分のＴＳＳのヘルメットを開く。トスタンはかれを片腕にいだいて、生命維持システムをはずすのを手伝った。

「戦闘ロボットに撃ち殺されるところでした」スヴォーン人が訴える。「個体バリアがなかったら、分子に分解されてましたよ」

トスタンは透明ドームの外に目を向けた。ホールは闇に沈んでいる。照明はないと守護者もいっていた。

「だからパラトロン・バリアを張っておけと忠告したんだ。パニックになるな、キュウ公。戦闘ロボットは命令にしたがったにすぎない」

ポージーはすわった姿勢のまま背筋をのばした。ふたつの手でトスタンのコンビネーションをつかむ。

「自動保安回路はまだ機能しているんだな？」トスタンが確認した。

「ＦＰＡはそういってます。守護者をプログラミングしなおすには、先にそっちを停止させる必要がある、と。保安回路はまったくもって論理的で、惑星施設の制御から完全に独立してます。守護者の管轄に属してるんでしょう」

「停止させる、スイッチを切る」トスタンは考えこみながらつぶやいた。「どうやってだ、キュウ公？　わたしなら、こんな重要な保安回路を全力で守る方法もわかっている。特殊コンピュータの製造者も同じように考えたと思うか？」

「目が輝いてますよ」スヴォーン人が指摘した。「不安にさせないでください。たぶん同じように考えたと思います」

「それは推測だろう。確証がほしい。そいつはまだ正常に作動しているのか、それともとっくに故障しているのか？」

「詰問はやめてください、大きな友。もちろん、保安回路は正常です。そうでなければＦＰＡが判別できなかったでしょう。当然、その機能の重要さも」

テラナーはうなずいて考えこんだ。ふたたび外に目を向ける。誘導灯の列をのぞけば、肉眼ではなにも見えなかった。だが、探査車輛の増光装置があるので、わずかな光でもあたりのようすはよくわかる。制御装置のすぐ近くの画面には明るい映像が表示されているが、その横はふたたび暗くなっていた。光が散乱しないらしい。

トスタンは規則に背いて赤外線投光器で広範囲を照らし出した。シフトの大型スクリーンが明るくなる。

箱型のＦＰＡは長さがわずか一メートル、高さも同じで、幅はその半分だった。エネルギー・クッションで宙に浮かび、その横にはややちいさなコンピュータ・ブロックがある。そちらの筐体はブルーグレイの金属製だった。筐体の厚みはわからない。

思ったとおり、守護者は赤外線に反応した。通信スクリーンにふたつのシンボルがあらわれる。シフトのシントロニクスは受信した信号を増幅して、バースト・ビームでスペース＝ジェットの位置に中継していることを確認した。惑星ゼレンガアの橋頭堡にいる三人は、いずれにしても聞いているはず。トスタンの目的は中央ロボットとの話し合いを待機しているテラナーたちに伝え、つねに最新の情報がわかるようにしておくことだった。

「守護者から告知者ヘクストン・メルへ」ロボットの声が響いた。「あなたはまたしてもわたしの指示にしたがわず、共生体をわたしの計算機領域に送りこみました。また、有害な光も放っています。わたしはそうした行動を阻止するよう義務づけられています。機器の保守に責任を負う接続ブロックは、計算機室には設置されていません。査察任務に専念することを要求します」

要求は明確だった。守護者はがまんの限界に達している。一方、ＦＰＡは相手を歯牙にもかけていないようだ……いまのところは！

「ヘクストン・メルから守護者へ。きみはわたしの有機生体共生体を戦闘ロボットで攻撃した。計算機連携システムを精査したところ、重大な故障が見つかった。問題があるのは保守システムだけではない。きみが〝勝利の証し〟の守護者として、役割をまっとうしていないことを告発するしかない」

「その評価は不当です。内部検査では任務を損なうような不具合は検出されていません」

「その内部検査のデータ転送が損傷しているのだ。回路の部品を交換するしかない。これには有機体の思考専門家が必要だ」

「管理センターの指示がないと不可能です」

トスタンは言葉だけでは突破できない壁の前に立っているようなものだった。

最終的にリスクを冒すことにする。口論しても望む結果は得られないだろうから。

「きみのプログラミングは古くなっていて、もはやあらたな環境に適合せず、〝最後の六日間〟の戒律に違背している。ヘクサメロンとも相談の結果、技術要員と必要な部品を乗せた船を特別に派遣し、修理せざるをえないとの結論にいたった。きみの手もとにある部品はすでに消耗してしまっているから」

「やりすぎです！　引き返して！」ポージーが恐怖の声をあげる。

脅迫の成否はすぐに明らかになった。守護者のシンボルである輝くクレーターが画面から消えたのだ。のこった〝最後の六日間〟のシンボルの隣りにべつのマークがあらわれた。

それはウシャアル星系を図案化したものだった。第二十二惑星パガルがグリーンで強調され、大きく描かれている。

「ネトロンから告知者へ」聞こえてきたのはべつの計算機の声だった。トスタンはＦＰＡが探知した自動保安回路がはじめて介入してきたのだろうと思った。「あなたの非難と計測結果を評価して、認可手つづきを開始すべきと判定しました。パガルの回路センターからコンタクトがあります。あらたな脅威が明らかになったため、ハイパー通信規制は解除されます。守護者は一時的に機能を停止しました。そのまま待機を……待機を……待機を……」

トスタンは瞬時に反応した。ある意味、火遊びに飽きていたのだ。ここで切り札を出さなければ負けてしまう。

スイッチを押し、準備しておいたプログラミングを展開する。ゼレンガアの真のロボット支配者であるネトロンがまだ半分も話をしないうちに、〝ハリネズミ〟のシントロニクスが侵食を開始した。

五十キロメートルはなれたところからシントロニクスが呼びかける。ユーリ・カッチェンコはロボットの反応速度を正しく理解していた。決めておいたコード〝テケナー〟を受信したあと、手作業で介入したのでは間に合わない。だからスペース＝ジェットのシントロニクスをあらかじめプログラミングしておいたのだ。

〝ハリネズミ〟から短インパルスを受けとると、スペース＝ジェットは人間がスイッチに手をのばすよりはるかに迅速に攻撃を開始した。

それにくわえてスペース＝ジェットの計算機はネトロンとトスタンのやりとりを聞いていて、本来の計画だった一斉砲撃をとりやめた。シントロニクスの評価では、機械的な砲撃だと時間がかかりすぎるから。

カッチェンコとアアロン・シルヴァーマンとアリ・ベン・マフルが人間の感覚で、トスタンからコード〝デケナー〟が発信されたと気づく前に、計算機は行動を開始していた。それでも多少の遅延は見こまなくてはならない。

二門のマルティヴァリアブル高エネルギー砲の発射遅延は数ミリ秒だ。熱線の進行速度は光よりも遅く、そこでも数ナノ秒の遅れが生じる。

だが、もっとも危険なのは、命中したビームが望みどおりにアンテナ・システムを破壊するまでの時間だった。そこまでは計算ができない。目的を達するまでに一秒か、六秒か、十秒くらいかかるかもしれない。

ロボットの反応速度から見れば永遠にも等しい時間だ。

それでも合図があるまで発砲はできない。

トスタンがいつコード・インパルスの発信を決断するかが決定的に重要だった。

カッチェンコはうめき、両手で目をおおった。船首に配置された二門のコンビ砲の砲口に生じた白熱の炎が、直視できないくらいまぶしかったのだ。シントロニクスは最高出力のビームを細く絞り、一秒間に三十発の高エネルギー・インパルスを発射した。最高出力の砲撃間隔をこれ以上短くすることはできない。発射のたびに指向性フィールドを形成し、グラヴィトラフ貯蔵庫からパルス化したエネルギーを充塡しなくてはならないから。

通信塔までの距離は五十キロメートルなので、狙いをはずすことはありえなかった。

すべての砲撃がミリメートル単位の正確さで、シントロニクスが決めた標的に命中するはず。

トスタンは〝ハリネズミ〟をホールから外に出し、二門が放つ二条の光芒を眺めた。塔のドーム部分にビームが命中して、はじめて見えるようになったものだ。

ゼレンガアのどす赤い空が引き裂かれたかのようだった。指向性エネルギー・ビームが頭上からななめに降ってくる。スペース＝ジェットが位置する高い山頂は、塔から見ても地平線より上になる。解放された力が燃えあがり、放たれたビームが特殊合金と金線細工でできたアンテナ構造物を直撃した。

転瞬、不毛だった風景が地獄の様相を呈《てい》した。

上部の球形格子《こうし》アンテナが粉々になった。スペース＝ジェットのシントロニクスは瞬時に標的を切り替え、下にあるアンテナも次々に破壊して、最後に指向性操作装置が設置されている可能性の高い基部ドームを粉砕した。

そこでは炎がしばらく燃えつづけ、建材が白熱し、射入口に溶けたクレーターが生じた。制御ドームの運命はけっしていた。標的が切り替わった直後、ドームは爆発して火球となり、永遠の夜をぎらつく光で満たした。

人間の感覚が恐怖をおぼえたのは、その静けさだった。鋼の構造物が崩壊しているというのに、いまのところなんの音も聞こえない。ただ、巨大なガス雲が敷地全体にひろがっていた。

〝ハリネズミ〟のシントロニクスはトスタンよりもずっと決断が早かった。爆発の余波は予想以上に危険で、小規模な核反応が塔のなかで起きたようだ。

探査車輛が防護されたコンピュータ・ホールに引っこむ直前、トスタンは無数の破片を目にした。まだ赤く輝いているものもあり、それらが通信塔の残骸の周囲に散乱している。いまはまだ、どれくらいの数のゼレンガア・ロボットが塔のなかにいて破壊されたのかはわからない。

自動的にシフトが停止したときには、トスタンはもうＴＳＳのヘルメットを閉じていた。ポージーはかれの口の動きに気づき、インターカムのスイッチを入れた。言葉が聞こえてきた。

「……制御ドームを破壊すれば充分だろう」最後の部分だけが耳に入る。「下部には自律的なエネルギー供給設備があったにちがいない。ポージー、ずらかるぞ！　ＦＰＡはどこだ？」

スヴォーン人は経験上、もうトスタンの行動に影響をあたえようとするのは無意味だと知っていた。かれは結果に向かってわざと状況を先鋭化させ、スペース＝ジェットの火力で巨大送信塔を使用不能にしたのだ。

それでもまだトスタンは満足していない。ポージーの本能がそう警告していた。

トスタンは床に飛び降りて、エアロックの内扉を開いた。ポージーもすぐあとにつづく。ちいさなエアロックの壁には非常用装備がぶら下がっていた。またしても一秒を争う場面だ。

拡散したガス雲が近くの岩壁に跳ね返り、大波となってコンピュータ・ホールに押しよせ、咆哮《ほうこう》した。一瞬、外の地獄の騒音が聞こえる。ガス雲が通過するとその音はすぐにまた聞こえなくなった。

最後に聞こえたのはエアロックの空気が急速に吸い出される音だった。トスタンが通常の排気プロセスを待ちきれず、エアロック内の空気を破棄したのだ。

〝ハリネズミ〟の広域照明がホールを照らしている。今回は守護者のじゃまも入らない。この多岐にわたる回路がどれほどの混沌のなかにいるか、ポージーには想像がついた。多くが塔の爆発の影響を受けたことだろう。

トスタンが低重力惑星で使うのは大口径の高エネルギー・ビーム銃だ。地球に似た重力の惑星では重すぎて携帯できず、まず使うことのない銃だが、ここではそれが使える。

地面に跳びおり、飛翔装置は使わずに探査車輛のまわりを走って一周する。トスタンとスヴォーン人が外に出た瞬間、シントロニクスがパラトロン・バリアを展開していた。

ＦＰＡはすでにあらたな状況を計算していて、すぐに報告してきた。

「自動保安回路ネトロンを通常光でマークします。回路センター結節点はたいらに押しつぶされた鋼ドームの下です。ネトロンは敵対的な行為を察知していて、内部に統合された小型送信機でパガル司令部にハイパー波の救難信号を送ろうとしています。いまは短時間だけエネルギー供給をとめていますが、急いだほうがいいでしょう」

トスタンが恐れていた報告だった。だからこそ急いで〝ハリネズミ〟から飛び出したのだ。

もうためらってはいられない。かれは崩壊した塔の外壁の前で足をとめた。

上腕ほどの長さのブラスターを両手でかまえ、銃床を肩に押し当てる。狙う場所はFPAがわかりやすく通常光でマークしていた。投光器の光がそこに当たっているのだ。

ポージーもすでにミニ・ブラスターを撃ちはじめていた。髪の毛のように細いビームが、外に飛び出したかれに向かって銃撃を開始した戦闘ロボットの武器リングのひとつに命中。

円錐の上部が爆発し、マシンは床に転がった。武器メカニズムは実際、かなり安定性を欠いているようだ。

トスタンの攻撃はポージーの武器にくらべると火山の噴火のようだった。

銃口から腕ほどの太さの熱線がほとばしる。その重さから、本来は二名で運用する携帯可能な車載武器なのだ。

恒星のようにまばゆいエネルギー流が保安装置の装甲外殻に命中し、軽々と貫通した。

余剰エネルギーが内部の繊細なマイクロ回路を焼き切る。

すこし下を狙った第二射が最終的にとどめを刺した。やはり必要以上の威力だ。

自分をネトロンと呼んだマシンは、その前のアンテナ塔と同じような規模の爆発を起こした。

爆風のエネルギーは比較的ちいさかったが、両ギャラクティカーを吹き飛ばすには充分だった。

銀河ギャンブラーは金属の床の上を吹っ飛び、どこかで鋼の壁にぶつかった。衝撃の大部分は防御バリアが吸収したが、それでもトスタンの後頭部はヘルメットの後部パッドにぶつかった。

「キュウ公、どこだ？」と、心配そうに叫ぶ。「キュウ公……」

「ここです、大きな友」悲痛な声が聞こえた。「外に放り出されました。ハッチが閉まってなかったんです。スペース＝ジェットが近づいてます。〝ドク・ホリデイ〟のコードを送ったんですか？」

「論理的だ」トスタンは懸命に声を絞り出した。「状況がこうなった以上、徹底的にやるしかない。カッチェンコ、コンピュータ・ホールのハッチ周辺の安全を確保しろ！ここに戦闘ロボットを介入させたくない。聞こえてるか？」

「よく聞こえてます、スキッパー！　ですが、守護者にも聞こえているのでは？」

「そこは賭けだな。あいつはほとんど通信できない状態だろう。わたしの背後と両側面をたのむ。ティフラーに短インパルスを送れ。速度をあげて、ゼレンガアを包囲するよう伝えるんだ」

「もう伝えました。《ハウレクス》が着陸態勢に入ってます」

「すばらしい。ちゃんと考えられる者もいるようだ。大型FPAは大いに役だつだろう」

「考えたのはメインティです」

トスタンは笑って、咳《せ》きこんだ。同時に小型FPAが報告する。

「守護者の回路連携に重大な障害があります。権限セクターの影響がとくに大きく、ネトロンは保安インパルスの発信を停止しました。全面的な故障です」

「できるだけ急いで、最高の新規プログラミングを施せ」トスタンが手早く指示する。

「《ハウレクス》が着陸すれば、きみは兄貴から支援が受けられる」

「すでにコンタクトして、わたしの測定データも送信しました。プログラミングを同期させています」

トスタンは立ちあがり、それまで熱と、爆発した装置の飛来する破片からかれを守っていたパラトロン・バリアを切った。

うめきながら自分の四肢をまさぐる。〝勝利の証し〟の企図は一時的にせよくじかれた。それはよろこばしいことだ。

「こちらピッテンブルク」ヘルメット内に聞き慣れた声が響いた。「〝トスタンの花火大会〟は保安ロボットの救難信号発信をたしかに阻止しました。ハイパー信号はインパルスの断片さえ見当たりません。これで満足ですか？」

「全然だ。なにをしていた？　もっといい状態の装置が見たかったんだが。守護者が新規プログラミングに反応するのを期待したいな」

「それがまだ重要なんですか？　なにがあるっていうんです？」

「アダム、きみの貧弱な想像力では、わたしの考えを把握することはできないだろう。遠い昔、ここでなにがあったのかを守護者にたずねたいんだ。当時から機能していたはずだから。それとも、クレーターの放射の原因を発見したのか？」

「実のところ、かれはなにも発見していません」メインティの声が響いた。「コンピュータ・ホールのできるだけ近くに着陸します。ＦＰＡがそうしろといっているので。かまいませんか？」

「もちろんだ。シントロニクスの奇蹟が望みをかなえてくれることはないと思うほどおろかではない」

「感謝します、艦長！」《ハウレクス》のＦＰＡがいった。「うまくやります。べつの三つのロボット・ステーションにある補助コンピュータを故障状態にしました。当面、そこからの介入はありません」

　トスタンはホールの入口に近づき、外をのぞいた。

「偉大なるマンモン！」と、驚きの声をあげる。「これはすごい。だれが火器管制だったんだ、カッチェンコ？」

「シントロニクスです。ロボットは徹底的にやりますからね」トスタンは近くに浮遊してきたポージーを捕まえ、腕に抱きよせた。

「だいじょうぶか、ちび？　骨折などしていないな？」

「問題ありません、大きな友」ポージーはお気にいりの場所で幸せそうに寛いだ。「わたしが危険な戦闘ロボットをまったくもって無力化したところを見てましたか？」

　銀河ギャンブラーが笑う。後方で《ハウレクス》が地上に向かって降下してきた。

「ロボットがすばやく武器を切り替えられる機構を装備していたら、いまごろは刻みキュウリになっていたろう。いや、それがなんなのかは訊かなくていい」

8

四四七年十一月二十三日になった。ロボット制御で急いで作業を進めたにもかかわらず、守護者を望みどおりにプログラミングするのに標準日で四日もかかった。プログラミングそれ自体よりも、複雑な装置のあちこちにかくれた故障が多数見つかった影響が大きかった。まず故障個所を修理しないと先に進めないのだ。

ハウリ人のコンピュータ複合体がどんな論理で作動しているのか、二台のFPAが徐々に解明していくようすは驚くべきものだった。大昔の単純なエレクトロニクスによるマイクロ・プロセッサーが、突如として巨大なパワーを持ったシントロニクスに置き換えられたのだ。

タルカン遠征隊の専門家が数日かけて調べた結果、惑星ゼレンガアのロボット・システムはハンガイ銀河の多数の種族が製造に関与したことがわかった。たぶんさまざまな発展段階の種族に各部分の生産と納入を委託し、そのよせ集めを組み立てて、〝勝利の証し〟の守護者と命名したのだろう。

これはほかのロボットも同様で、ユーリ・カッチェンコが〝なんトロニクス〟と呼んだのも、もはや驚きではなかった。さまざまな段階の〝トロニクス〟が混在しているのだ。なぜそんなことをしたのか、推測するのはむずかしい。真実はだれにもわからないだろう。

結局、事実は事実として向き合うしかない。そのあいだにもあらたな回路が設置され、プログラミングは完了した。

守護者は一時間前からふたたび反応するようになっていた。管理機能は維持しているが、いまはそれをテラナーが思いのままにできる。

その結果、南極点近くの平原にあるクレーターに立ち入るのにパガル司令部の特別な許可は不要になった。そもそもなんの許可も必要ない。

守護者は保安回路ネトロンのことも忘れなかった。守護者による命令や禁止が不安定になった場合、大型ＦＰＡが即座に介入し、瞬時に追加プログラミングを適用することになる。

ウシャアル星系のはずれにある謎めいた惑星はきわめて異質なやり方で占領された。その目的は……原則的に……まだ議論の最中だ。

ジュリアン・ティフラーはハウリ人が忌避するこの不毛の惑星を遠征隊の基地として使いたがっている。この宙域で探知を逃れるには、たしかにこれ以上の場所はないだろう。すくなくとも、惑星パガルでアトランが重要な任務をはたすまでは。物質シーソーの破壊は絶対的な最優先事項だ。三度めの物質転移が恐ろしい早さで近づいているのだから。

だが、ラトバー・トスタンはエスタルトゥに関する考えを頭から追い出すことができなかった。

〝ハリネズミ〟はカッチェンコが操縦している。スペース＝ジェットは《ツナミ＝コルドバ》の格納庫に帰還し、アアロン・シルヴァーマンとアリ・ベン・マフルは《ハウレクス》にもどった。

一時間前にはティフラーが搭載艇で到着し、〝ハリネズミ〟に乗りこんだ。

探査車輌はエネルギー反撥フィールドを使って、地上の障害物の上を軽々と進んでいく。この地域への立ち入りを禁止するプログラミングから解放されたゼレンガア・ロボットが五体同行していた。守護者はもう反対しないが、古いプログラミングの論理の残《ざん》滓《し》が文句をいった。

トスタンが前方を指さし、地平線上に見えてきた障害物をしめした。

「クレーターの縁です。あの向こうが〝勝利の証し〟になります。どうして守護者がロボットを同行させたのか、わかりますか？」

ティフラーはシートの背にもたれかかった。ゆっくりと、しめされた方向に目を向ける。

「わたしがここ数日、なにを心配していたかわかるかね？」

トスタンは内心の動揺をおさえこんだ。神経プシオニカーのロドニナ・コスナトロワがちらりとかれに目を向ける。彼女はトスタンの健康管理のため、もうひとりの乗員としてシフトに乗りこんでいた。

「なにが心配なのかはわかってます。わたしも同様ですから」銀河ギャンブラーがむっとして答える。「ヴィル・コンのヒントが急にどうでもいいものに思えてきたなら……どうしてわたしをゼレンガアでの任務に送りこんだんです？」

「橋頭堡を確保したのに、その後の動きが見られなかったからだ。ロボットの脅威のせいということ。この世界を一時的な基地にして、寛《くつろ》いで待機できるようにしたい」

「なるほど！　アトランの任務が優先で、わたしとしては、乗員が安全に休めればそれでかまいません。ところで、守護者がロボットを同行させるようたのみこんできたのには驚いているはず。もう命令できないのはわかりますが、五体はポジトロニクス＝シントロニクス制御に特化した大型特殊ロボットです。なんのために同行させたんでしょう？」

「たぶん金の亡者《もうじゃ》のホワルゴニウム専門家なのだろう。微小なハイパー放射がそうした金属の存在を示唆している」

銀河ギャンブラーは怒りに顔をゆがませ、かぶりを振って、両手ではらいのけるようなしぐさを見せた。ティフラーが言葉を継ぐ。

「もういい、旧友！　ばかなことをいった。疲れているせいだと思ってくれ。わかった、つまり、クレーター一帯はある種の聖域だということ。これで満足か？」

「全然です」トスタンがいらだたしげなうめき声を漏らす。「わたしの仮説がまちがっていたら、いつでもちゃかしてください」

「〝ちゃかす〟って、どういう意味ですか？」ポージー・プースが口をはさんだ。

ティフラーが笑みを浮かべ、トスタンが片手を振る。

「あとだ、キュウ公。ティフのような細胞活性装置保持者は昔のいいまわしを知ってるのさ……よく死ぬほど退屈しませんね？」

「きみのような者たちが変化をつけてくれるからな。もう充分に毒づいたかね？」

「ふたりとも頑健ですね」ロドニナは話題を変えにかかった。「極限までいら立っていても健康的です。そろそろ、考える頭のあるちゃんとした大人らしくふるまってくれませんか？」

トスタンは悪態をつきながら腰をおろし、ティフラーはつくり笑いを浮かべた。

「前方にクレーターの縁です」無言でやりとりを聞いていたカッチェンコが報告した。

「放射の強度が上昇。危険はなし」

「長々とどうも」トスタンが低い声でいう。「放射強度の上昇は当然だ。そうでなければ、こうして見てまわるはずがあるか？」

〃ハリネズミ〃が斜面を登りはじめた。縁の頂上に到達し、カッチェンコがシフトを停止させる。

目の前には広大な氷原がひろがっていた。クレーターの直径は二百キロメートルほどあり、ちいさな惑星の地平線の彼方まで達している。

「ロボットが躊躇《ちゅうちょ》」カッチェンコがいった。「シントロニクスの判断？」

「歳をとるほど口数がすくなくなる」ティフラーがぼそりとつぶやいた。だが、そこで急にはっとして前方に目を凝《こ》らす。

「あれはなんだ？」

「ぼやけたブルーの光。ここからしか見えません」

トスタンはロボットの姿ごしに前方を見やった。〃ハリネズミ〃の指揮下にあるものの、ロボットはほとんど前進しようとしない。まるで目に見えないバリアに阻《はば》まれているかのようだ。

トスタンは遺伝子改変された記憶脳に刺すような痛みをおぼえた。ティフラーがいきなり胸を手で押さえ、内なる声に耳を澄ます。

「どうしました？」トスタンが即座に、心配そうに声をかけた。怒りは霧散している。

「ティフ、苦しいんですか？　細胞活性装置がなにか？」

「ああ、奇妙だ。強く拍動しているが、痛みはない。トスタン、きみの不思議な本能はなんといっている？」

「いきなり目がさめたようですね」銀河ギャンブラーは皮肉をいった。「ここ、この場所で遠い昔に、ハイパーエネルギーを使った、たぶんプシオン的な戦闘があり、結果的に爆発が起きました。そうでないとこんなクレーターはできないはず。ユーリ、躊躇しているロボットをなんとか動かして、クレーターの縁の上を進ませてくれ。残存放射を直接浴びられるように。どんな手を使ってもいい」

　カッチェンコがスイッチを入れ、ポージーが〝ハリネズミ〟のシントロニクスへの入力を補佐した。

「ロボットがおびえられるとしたら、まさにそれだな」と、狩人。

「混沌としたインパルスの乱流です！」ポージーが興奮して叫ぶ。「ひとつはクレーターの内壁からきてます。わたしは……ああ、だめだ……」

　箱形の大型保守ロボットのランプが点灯した。放射は無害らしいが、マシンは動こうとしない。滑走フィールドが消えてしまった。

　探査車輛のテレカムが音を立て、音が高まって大音響になり、そこに一連のメロディがくわわる。いきなり守護者の声が聞こえた。以前とは声音《こわね》がちがっている。

言葉はハウリ語だった。〝ハリネズミ〟のシントロニクスの通訳はややぎこちないが、意味は正しく伝わった。

「帷《とばり》が開いて〝勝利の証し〟を目にすることができるようになった者たちへ、守護者が挨拶を送ります。ここでなにがあったのかを聞いてください。五万年とすこし前、この地で支配者ヘプタメルと、そのもっとも悪辣《あくらつ》な敵とのあいだで戦いがありました。敵は宇宙の法に縛られず、〝最後の六日間〟の戒律に逆らう力でした。

支配者ヘプタメルは戦闘力を発動し、敵にヘクサメロンの全力をぶつけました。このクレーターは敵の敗北の証しです。呪われた地であり、邪悪な画策を永遠に思い起こさせます。法を否定する力の最後のシュプールが消えるまで、ヘクサメロンの信者も預言者も、この死と破壊の傷痕に触れることは許されません。この地の査察をヘクサメロンに託された者だけが、あとどれくらいで〝最後の六日間〟の心正しい信者たちがなんの危険もなく〝勝利の証し〟を讃えられるようになるかを確認するため、この地を訪れることができるのです」

ティフラーは通訳される言葉を夢でも見ているかのように聞いていた。細胞活性装置の拍動が強くなる。説明につづく音楽はほとんど意識しておらず、ただそれにともなう騒音だけがかれの感覚に苦痛をもたらした。

トスタンの指示もなかば聞こえていない。それとは対照的に、カッチェンコが〝ハリネズミ〟でクレーター内壁の急斜面を駆けおりる衝撃は、はっきりと感じられた。

平坦なクレーター底に着くと細胞活性装置の拍動もおさまった。意識が明瞭になる。

頭上にロドニナの顔が見えた。トスタンの死体のような顔がその上に、不気味なシンボルのように浮かんでいる。

「なにが……なにが起きた？」ティフラーが弱々しい声でたずねる。「吐き気がする。これは五次元放射か？」

「間接的なものです、友よ」トスタンの声がした。「あなたの細胞活性装置ははげしく反応しましたが。まるで自分とつながりのある力の敗北をあとからなかったことにしようとするかのように」

「つながりのある力？」ティフラーはそういったが、すぐにトスタンの考えを理解した。

「〝それ〟が関わっていると思うのか？」

「超越知性体の〝それ〟とエスタルトゥが競い合っていたとしても、敵対的な競合でなかったのは明らかです。もし敵対的な関係だったら、あなたがここの放射の範囲内に入ったとたん、細胞活性装置は反逆していたはずです。証明はできませんが、ティフ、五万年とすこし前、ここでヘクサメロンとエスタルトゥがはげしく衝突したのはまちがいないと思います」

「いささか説得力に欠けるな」ティフラーは蒼白だった。

「だといいんですが、そうは思えません。守護者の厳粛で雄々しい説明を聞くかぎり、ヘプタメルの最悪の敵はヘクサメロンの力に敗れたようです。エスタルトゥはそのとき消滅した？　だからわれわれの存在領域で消息を聞かなくなった？　ハンガイ銀河でだれもエスタルトゥの名前を知らないのはそのせい？」

　ティフラーは目に見えて元気になった。ロドニナは医療キットをかたづけた。細胞活性装置保持者は、肉体的にはすっかり回復していた。

　ティフラーはクレーターの壁に目を向け、唇を震わせた。内心の興奮が爆発しそうなのを懸命におさえこんでいる。

「つまりこの……このみすぼらしいクレーターが、エスタルトゥの最後の残滓だというのか？　話にならない、トスタン。まったく話にならない！　超越知性体がこんなかたちで消滅するなど」

　トスタンは顔をしかめようとしたが、できなかった。それでも口もとはゆがみ、ティフラーは黙りこんだ。

「いいましたっけ？　もしなにかがあるべきように見えたら、それはわたしにとって確実とはほど遠いものです。敗れたからといって、消滅したとはかぎりません。ヘクサメロンが〝勝利〟をどう理解しているのか、はっきりさせる必要があります。守護者は入力された言葉をくり返しているだけです。わたしにいわせれば、わが至高者……」

ティフラーは黙ったままだ。

「けっこう、では、わたしの意見をきちんと聞いてください。〝もっとも悪辣な敵〟とは超越知性体エスタルトゥにほかならないでしょう。ここではげしい戦いがあったということ。どんな手段を用いた戦いだったのかは想像するしかありませんが、いずれにせよ、それほどの手段が使える者は……わたしの意見では……ひっそりと敗れたりしません。わたしがエスタルトゥだったら、〝最後の六日間〟の番人に臆面もなくブラッフをしかけ、裏をかこうとするでしょう。優位にある者のほうが敵を騙しやすいですから」

「きみがかね！　今後は自分を超越知性体だと考えないほうがいいぞ」

「あざけりは喉の奥に押しこんでおいてください！　まだ意見を述べてもかまいませんか？　エスタルトゥはなにかの決定的瞬間に、われわれのような定命《じょうみょう》の者がブラッフと呼ぶ行動をとるでしょう。あなたの細胞活性装置を賭けてもいい」

「その賭けには乗れないな」ティフラーは憤慨しているテラナーをなだめた。

トスタンはぶつぶついいながら第二操縦席にうつった。ティフラーは恨みがましい視線を受け、思わずコンビネーションの胸の部分のふくらみを手で押さえた。トスタンがにやりとする。

「もしいまそれをとりあげたら、宇宙港に着くころにはわたしと同じような高貴な顔になっているでしょう。すこしだけわたしより大きくて、黄色っぽいかもしれませんが。

六十二時間後には塵《ちり》になって吹き飛ばされている。ここにいるすばらしいテラナーふたりのうち、超越知性体のことに没頭する理由が大きいのはどっちでしょう？　すくなくとも頭のなかでは」

　ティフラーはなにも答えなかった。いまはトスタンと議論している場合ではない。かれの仮説は、これまでにかれから聞かされたどんな仮説より常軌を逸していた。

　ただ……ティフラーが思うに……トスタンの仮説はたいていい当たっているのだ！

*

「このおんぼろブリキ・バケツで飛ぶ気はもうありません。超光速航行となればなおさらです」トスタンが断固として宣言した。

　ティフラーは《ツナミ＝コルドバ》から連絡している。その姿は鹵獲船のスクリーンにはっきりとうつっていた。

「ゼレンガアの軌道までの短い調査飛行だ」と、なんとか銀河ギャンブラーを説得しようとする。「ハウリ人が忌避する境界がどこにあるのか知りたい。それ以上接近が許されないラインがどこかにあるはずだから。ウシャアル星系のかなり外側では宇宙船の頻繁な往来が探知されている。では、どこまで近づけるのか？　《ハウレクス》なら遠征隊の球形船よりもはるかに目立たないだろう」

「考えとしては論理的です」と、トスタン。「ただ、わたしとしては《ハウレクス》の故障したマシンや、乗員たちをこれ以上酷使する危険は冒したくありません。スペース＝ジェットで遠距離から調査すべきです。アトランから連絡はありましたか？」

ティフラーが不機嫌そうに否定すると、トスタンは落ちくぼんだ頬を撫でて考えこんだ。

「気にいりませんね、ティフ。アトランには《ツナミ＝コルドバ》で救出するといってあります。鹵獲船はすでに向こうに知られているので使えません。わたしも船長から解任してください。そのまえに大型ＦＰＡを運び出して《ツナミ＝コルドバ》に載せ替えます。あれはかけがえのないものなので」

ティフラーはトスタンの要求にしたがうことにした。実際、鹵獲船で航行するのは命の危険があったから。

「わかった。《ハウレクス》を宇宙空間にもどしておけ。ロボットも船内に回収する。きみには《ツナミ＝コルドバ》の指揮をうまくこなしてもらいたい」

トスタンはユーモアの感じられない笑い声をあげた。外のゼレンガア宇宙港には活気がみなぎっている。遠征隊の球形船二隻が着陸したのだ。

「うまくこなして！」かれはおもしろくなさそうにくり返した。「艦内には百五十名の、深層睡眠中の乗員がいます。全員がすぐれたツナミ・スペシャリストで、ストレンジネス・ショックのせいで二重の昏睡状態にあります。かれらをどれくらい休ませるつもりですか？　最終的には全乗員が必要になるんですが」

　すでに大型艦にもどっていたロドニナが話にくわわった。

「そのことを話し合っていたの。アトランからはいつ救難信号がくるかわからない。眠っている乗員が完全に目ざめて状況を把握するにはかなりの時間がかかる。役にたつより、足手まといになるでしょうね。もうしばらくがまんして」

　トスタンが通信を切ろうとしたとき、警報が鳴りだした。《ツナミ＝コルドバ》のサイレンが聞こえる。ハイパー波で報告が伝えられた。ビームはまっすぐツナミ艦に向けられている。発信元は遠征隊の一隻、《リブラ》だった。

「進入禁止ゾーンにハウリ船を探知。光速の九十パーセントで境界ラインを通過。コース計算によると、第五十九惑星に向かっています」

　トスタンとティフラーが《ツナミ＝コルドバ》と鹵獲船でほぼ同時に反応した。

「いつでも行ける」トスタンがなにも質問せずに告げる。なにをすべきかわかっているのだ。「球形船は惑星の陰に入って探知から逃れろ」

「ハウリ人がここでなにをしているんだ？」ティフラーが興奮した声でいう。「ここは進入禁止ゾーンだろう？　ルールは守ってもらいたいな。わたしは……待て、監視船からあらたな報告だ。聞こう」

「《リブラ》から船団長へ。ハウリ船は拘束フィールドで直径四十メートルの円盤型宇宙船を牽引しています。シントロニクスによる遠距離素材分析およびエネルギー放射の評価から、オファラーのサラアム・シインの《ハーモニー》のようです。本船はこの場から撤退すべきと考えます。確認はもとめません。ハウリ船は短インパルスを傍受できる可能性があります。ハウリ船のコースに変化があった場合は報告します」

遠征隊の船長たちはすでに行動を開始していた。探知を逃れて惑星の陰に退避していく。《ツナミ＝コルドバ》だけは当面、軌道上にのこった。リレー・ステーションの機能をになう必要があるから。

《ハウレクス》をすぐさま緊急スタートさせたかったトスタンはべつの見方をしていて、盗聴防止テレカムでティフラーとコンタクトした。

「待ってください、ティフ、あわてないで。牽引されているのがほんとうに《ハーモニー》だとすると、パガルの衛星のジェゼトゥでなにかあったにちがいありません。名歌手は命令に反して、あの衛星に着陸しましたから」

「どうしてハウリ人が、禁じられた惑星ゼレンガアにかれを連れてくるんだ？」

トスタンはすでに仮説を思いついていた。遺伝子改変された記憶脳にしたがった結果だ。

「プシ能力の持ち主だから、ハウリ人船長が危険と考え、そういう力がかつて振るわれた場所に連れていくことにしたんでしょう。つまり、〝勝利の証し〟に」

「仮説としては弱いな」

トスタンは肩をすくめた。

「これ以上のものは思いつきません。かれは十二名のカルタン人といっしょに殺されていて、悪が敗れたもうひとつのシンボルとして、船だけを呪われたクレーターに持ってきたのかもしれませんが。かれらの信仰のかたちを考えると、それもありそうです。船は遠隔探知でとらえているんですか?」

ティフラーは横を向き、《ツナミ＝コルドバ》の司令室に向かって大声でなにかいった。

「ああ、話しているあいだにとらえた。こちらのシントロニクスも同じ結論に達している。あれは《ハーモニー》だ。それさえわかればいい！　なにか提案は?」

トスタンは考えながらうなずいた。ちらりと大型ＦＰＡに目を向け、確信を得る。

「ハウリ人の宇宙船は二時間ほどでここに到着します。なにがあってもハイパー通信は使わないように。守護者がわれわれにとったのと同じ態度をとるんです。それ以外は戒律に違反するはず。探知にかからない位置まで後退してください。ハウリ人はこちらで相手をします。十分以内にＦＰＡが捕捉するでしょう。必要な距離まで惑星に接近したら呼びかけます。当然、戒律どおり超短波で。そのあとはわたしが向こうの船長の面倒を見ます。わたしはヘクストン・メル。守護者はFPAが操作して、ハウリ人になりすまします。あとはどうなるか見てみましょう」

「了解した！　見つかる前にここから消えることにしよう。ラス・ツバイはもう行動できる。使い道はあるか？」

「いまのところありませんが、待機しているように伝えてください」

なにが起きるかわからないままの待機がはじまった。やがて探知機がハウリ船をとらえ、以後ずっと追跡をつづける。相手はコースを維持しているが、呼びかけてくることはなかった。

もしも呼びかけてきたら、トスタンは即座に疑いをいだいただろう。禁じられた領域に入る資格を持ったハウリ人なら、〝勝利の証し〟の守護者がハイパー通信に答えるはずがないのを知っていて当然だから。遠方から呼びかけるのは戒律に違反する行為だ。《ハウレクス》はあたりまえのような顔で宇宙港にその身を横たえている。着陸していた二隻の球形船は姿を消していた。

「こういうのを火遊びっていうんです」ずっとしずかだったメインティ・ハークロルが口を開いた。「ハウリ人船長が状況を見抜いて、救難信号を発したらどうするんです？　通信塔を破壊してまで避けようとしたことが実行されてしまいます」

「船長？　有機生命体の？　ここにくることが許されるとでも？」

メインティは口を閉じ、考えこんだ。

およそ二時間後、四四七年十一月二十三日十八時三十一分、ハウリ人が戒律に定められた通信距離に到達した。その報告を聞いても、トスタンに驚いたようすはなかった。

船はたしかにロボット船で、設置型の中核装置が操縦している。戦闘ロボットも乗っているが、操船に影響をおよぼすことはできない。

中央計算機は秘密シンボル群によってIDをしめし、接近する権限があることを証明して着陸許可を要請した。

FPAがゼレンガアの守護者の機能を肩がわりする。

「着陸要請の目的はなんですか？」

「戒律の敵を乗せた異宇宙船の留置だ。そちらの監視下に置かれ、後日パガル司令部が改宗または消滅させる」

トスタンは着陸を許可した。ハウリ船が降下してきて拘束フィールドを切り、《ハーモニー》を宇宙港に下ろす。

トスタンは再プログラミングした守護者の戦闘ロボットをすぐさま展開させた。輸送してきた船の中核装置はうまく騙せたようで、計算機は短い信号で別れの挨拶を送ってスタートし、高速で宇宙空間に消えていった。

アダム・ピッテンブルクは茫然と映像を見つめていた。そこにはトスタンのにやけた顔がうつっている。

「どうだ、アダム、これが銀河ギャンブラーのやり方だ。リスクをとらなければ利益はない。ロボット宙航士は満足して帰還し、命令を出した者たちに、〝最後の六日間〟の戒律の敵は〝勝利の証し〟の重武装戦闘マシンに引きわたされたと報告する。パガルの支配者の予想どおりに……では、オファラーと話をすることにしよう」

*

サラアム・シインが《ハウレクス》の司令室に姿を見せた。テレスコープ状の頸が大きくのびている。オファラーは後悔に打ちひしがれながら、その一方で大いによろこんでもいた。

名歌手が物質シーソーのデータを歌のかたちでパガルから持ち出したと聞いたとき、トスタンは自分の耳が信じられなかった。元データはカルタン人部隊のリーダーであるゲ・リアング＝プオが改宗させようとした、〝最後の六日間〟の忠実な信者であるアルンド・ケルというカルタン人から得たものだという。サラアム・シインはその機にうまく乗じたということ。

トスタンはすぐさま船団の副長を呼び出した。

ティフラーはオファラーに、離陸直前だった《ツナミ＝コルドバ》にただちに乗船するようもとめた。

トスタンはみずから歌手を遠征隊の本船に先導した。

オファラーはそこにいる多数の《バジス》の科学者たちの前で、歌のなかに編みこんだデータを人間にも理解できる記号に変換できるのは自分しかおらず、それにはしばらく時間がかかることを説明した。

＊

トスタンは徒歩で《ハウレクス》にもどった。広大な着陸床を歩きながら、あちこちで笑いだしたり、かぶりを振ったりするしかない。

ポージーがテレカムで連絡してきた。

「だいじょうぶですか、大きな友？」

「まったくもってだいじょうぶだ、キュウ公。ハウリ人のあらゆる奇妙な風習にかけて……巨大なデータをどうすれば歌にできるのか、想像がつくか？　わたしには無理だ！　だが、できるとしたら、あの歌手は役にたつ。ＦＰＡを運び出す用意をしろ！　あのすばらしい装置をスクラップ置き場に放置したくはないからな」

あとがきにかえて

嶋田洋一

　正月二日にスキーに行って、一月中にあと二回くらいと思っていたら、父の死去ですべてキャンセル……となってから二カ月。今シーズン最後のチャンスということで、三月十一日にまたしても友人たちとスキーに行ってきた。

　今回の行き先は猪苗代スキー場。前回のハンターマウンテン塩原と同じく、はじめて滑るゲレンデになる。時期が時期だけに雪は重いものの、がちがちというわけではなく、コンディションは悪くなかった。天気は上々で、スキー帽をかぶっていると暑いくらい。これは雪焼けしそうだと心配になった。

　前回は慎重の上にも慎重に、絶対に転ばないように安全運転で滑っていたが、今回は多少攻めてみることにした。初級コースで二本ほど滑ったあと、〝初級の少し上〟ということらしいコースに挑戦する。しかし……

いやこれ、かなりの急斜面なんですけど。コブこそないものの、だいじょうぶかな……と思いつつ滑りだす。斜滑降から方向転換しようとして、みごとに転倒した。眼鏡が吹っ飛ぶ衝撃。暑いのでスキー帽も脱いでいたため、雪面でしたたか頭を打ってしまった。

あとでわかったのだが、リフトを降りたあと、この急斜面とは反対の方向になだらかな林間コースがあり、そちらが〝初級の少し上〟だったらしい。

結局この転倒で怖じ気づいてしまい、あとはろくに滑らずに終了となった。

スキーのあとは会津若松へ。駅前の日帰り温泉「富士の湯」で身体を温め、十七世紀の会津松平藩時代から薬草を栽培しているという「御薬園《おやくえん》」近くの「ホテルいづみや」に投宿。ホテルとはいうものの、大広間と大浴場を備えた典型的な日本旅館だった。夜は少し歩いて、主催者お勧めの居酒屋「竹の娘《こ》」へ。地元の銘酒を取りそろえた雰囲気のいい店で、ずいぶんと繁盛しているようだった。

翌日は会津観光が予定されていて、朝一番に独りで御薬園を見てまわったあと、全員で会津ラーメンの昼食。「らぁ麺まえ田」はラーメンだけでなくハンバーグも名物という、おもしろい店だった。その後は幕末の会津藩家老、西郷頼母《たのも》の屋敷を中心とした「歴史感動ミュージアム　会津武家屋敷」へ。広壮な邸宅は見応えがあり、また身分によって出入口が異なるなど、封建社会のありようも見て取ることができる。基本的には順路に沿って歩いていくのだが、これがけっこう距離があって、見終わったころにはいささか歩き疲れていた。

そこからすぐのところにあるのが、延宝年間創業の「お秀茶屋」という茶店。炭火で焼いた田楽を三百六十年前から出しているという。看板に「奴老ヶ前　田楽　お秀茶屋」と書いてあって、この「奴老ヶ前」って何と読むんだ？　と話題になった。近くには「奴郎ヶ前」という交差点があり、少し字が違うのも気になるところ。読み方は「やろうがまえ」だった。

ここで田楽をつまみに一杯やりたいところだったが、ラーメンでお腹がいっぱいだったため、一本だけ頼んでお茶を飲んでいた。田楽もいろいろ種類があったので、いささか心残りではある。

ここからさらに移動して、飯盛山の白虎隊自刃の地から会津さざえ堂（円通三匝《さんそう》堂）へ。階段が二重らせんになっていて、上に行く人と下ってくる人がすれ違わずに頂上に行って戻れるという、よく考えられた構造が有名だが、お堂に着くまでに延々と階段を登ってきたため、内部の見学は諦めた。友人の一人が動画を撮ってきてくれたので、それを見て満足することに。歳は取りたくないもの……というより、もっと足腰を鍛えておくべきなんだろう。

こうして今回のスキー＋会津観光旅行は無事に終わったかと思ったのだが、そうはいかなかった。

旅行中から感じていた頭痛が、帰ってからもずっと治まらない。軽く頭を振ると圧迫痛がある。スキーで転んで頭を打ったからなあ……と心配になり、脳神経外科を受診した。

ＣＴを撮ったところ、硬膜下血腫があるという。加齢でも起きるので、スキーで転んだのが原因かどうかは不明だが、しばらく薬を服用して経過観察ということになった。一週間後に再度ＣＴ、その二週間後にＭＲＩを撮ったところ、多少小さくなってはいるものの、まだ血腫が残っている。

幸い、頭痛は初診後間もなく治まったのだが、「若い人ならすぐに（血腫が）抜けちゃうんだけどねぇ」と年齢を感じさせる言葉をもらいながら、現在も服薬を継続中だ。

犬は勘定に入れません（上・下）

——あるいは、消えたヴィクトリア朝花瓶の謎

To Say Nothing of the Dog

コニー・ウィリス
大森　望訳

〔ヒューゴー賞／ローカス賞受賞〕過去への時間旅行が実現し、オックスフォード大学は、空襲で焼失したコヴェントリー大聖堂復元計画に協力している。史学部のネッドは、21世紀と20世紀を何度も往復したすえに過労で倒れてしまうが……時間旅行に恋と冒険をからませた抱腹絶倒のＳＦコメディ。解説／岸本佐知子

訳者略歴　1956年生，1979年静岡大学人文学部卒，英米文学翻訳家　訳書『カルタン人揺籃の地』マール&ヴルチェク，『ストレンジネス狂詩曲』シェール&シドウ（以上早川書房刊），『巨星』ワッツ他多数

HM=Hayakawa Mystery
SF=Science Fiction
JA=Japanese Author
NV=Novel
NF=Nonfiction
FT=Fantasy

宇宙英雄ローダン・シリーズ〈691〉

支配者《しはいしゃ》ヘプタメルへの讃歌《さんか》

〈SF2410〉

二〇二三年六月　二十日　印刷
二〇二三年六月二十五日　発行
（定価はカバーに表示してあります）

著者　マリアンネ・シドウ　K・H・シェール
訳者　嶋《しま》田《だ》洋《よう》一《いち》
発行者　早川浩
発行所　株式会社　早川書房
郵便番号　一〇一 - 〇〇四六
東京都千代田区神田多町二ノ二
電話　〇三 - 三二五二 - 三一一一
振替　〇〇一六〇 - 三 - 四七七九九
https://www.hayakawa-online.co.jp

乱丁・落丁本は小社制作部宛お送り下さい。
送料小社負担にてお取りかえいたします。

印刷・信毎書籍印刷株式会社　製本・株式会社川島製本所
Printed and bound in Japan
ISBN978-4-15-012410-6 C0197